Sigismund Wallaee

Auf der Donau von Wien nach Constantinopel und nach den Dardanellen

SALZWASSER VERLAG

Sigismund Wallaee

Auf der Donau von Wien nach Constantinopel und nach den Dardanellen

Unveränderter Nachdruck der Originalausgabe von 1864.

1. Auflage 2022 | ISBN: 978-3-75259-595-6

Verlag: Salzwasser Verlag GmbH, Zeilweg 44, 60439 Frankfurt, Deutschland
Vertretungsberechtigt: E. Roepke, Zeilweg 44, 60439 Frankfurt, Deutschland
Druck: Books on Demand GmbH, In de Tarpen 42, 22848 Norderstedt, Deutschland

Auf der Donau

von

Wien nach Constantinopel

und

nach den Dardanellen.

Von

Dr. Sigismund Wallace.

Mit Illustrationen, Karten und Plänen.

Wien 1864.

La Mosquée du Sultan Mahmoud II, à Tophana.

Einleitung.

Es ist dem menschlichen Geist durch unermüdliche Forschungen gelungen, sich eine mächtige Herrschaft über die zu seinem Gebrauche geschaffenen grossen Naturkräfte anzueignen. Die Kraft des Dampfes hat ihm die Macht in die Hand gegeben, die Entfernungen, welche ehedem Völker und Länder so sehr trennten, abzukürzen, und dadurch dem Handel, der Kultur und dem Fortschritte unbegrenzte Gebiete zu eröffnen.

Von Jahr zu Jahr sehen wir neue Maschinen entstehen, neue Kräfte der Natur dem Willen des Menschen dienstbar gemacht, welche den Schritten der menschlichen Gesellschaft eine gesteigerte Leichtigkeit des Verkehrs, der Thätigkeit und des Erlangens vom Wohlstande verleihen.

Die Zunahme der Communicationen bietet Allen die Möglichkeit, sich ohne grossen Zeitverlust und, im Vergleiche mit früher, ohne grossen Kostenaufwand von Stadt zu Stadt, von einem Land in das andere zu begeben, Einkäufe von Waaren zu machen, neue Absatzquellen für seine Industrie aufzusuchen, sich mit seinen Geschäftsfreunden zu besprechen, — Schwierigkeiten und Differenzen zu ordnen und auszugleichen, — seine

Erfahrungen durch eigene Anschauung neuer Dinge, Sitten und Gebräuche zu vermehren, — mit wenigen Worten ist es gesagt: der erleichterte Verkehr ist thatsächlich der mächtigste Hebel zur Wohlfahrt, Gesittung und Bildung der Völker geworden.

Bald werden sich die Eisenbahnen über die ganze civilisirte Erde erstrecken und dem handeltreibenden Reisenden sowohl als dem Touristen, der zu seinem Vergnügen oder zu seiner Belehrung reist, Mittel und Wege darbieten, in kurzer Zeit weite Strecken zurückzulegen und sich in ein fernes Land zu begeben, wo er genügende Gelegenheit findet sein Interesse zu suchen oder seine Wissbegierde zu befriedigen.

Denselben Dienst, welchen die Dampfkraft auf *terra firma* erweiset, leistet sie auch auf den Fluthen des Meeres und auf den Flüssen. Die entferntesten Zonen sind uns durch Dampfschiffe auf wahrhaft feenhafte Weise näher gerückt.

Die Dampfschifffahrt bietet den Strömungen, den ungünstigen Winden, so wie den in vielen Himmelsstrichen gefürchteten Windstillen Trotz.

Die Gefahren einer Seereise sind geringer geworden, denn eine Reise, die früher nur in Monaten zurückgelegt werden konnte, wird nun in eben so vielen Wochen zu Ende gebracht; — denn je kürzer die Reise, desto weniger Gefahren und desto grösser die Wahrscheinlichkeit gesund und wohlbehalten in den Kreis der Seinigen zurückzukehren. „Eisenbahnen und Dampfschiffe“ ist jetzt das Losungswort des immer wachsenden Verkehrs. Rastlos schnaubende Locomotive eilen durch Ebenen, Tunnels und über Viaducte, während Dampfschiffe auf Flüssen und Meeren durch allgewaltige Maschinen der Strömung und dem Sturme Trotz bieten.

Dem Reisenden, welcher Tag und Nacht seinem Bestimmungsort zueilt, sind die Eisenbahnen unentbehrlich; jene die mit Comfort und Annehmlichkeit reisen und sich Land, Volk und Sitten betrachten wollen, ziehen das Dampfboot vor.

Während der Reisende auf der Eisenbahn kaum Gelegenheit findet, die Länder, welche er mit Blitzesschnelle durchläuft, zu beschauen; Sitten und Menschen kennen zu lernen; während er kaum Gelegenheit findet ein flüchtiges Mahl einzunehmen oder seinen Durst zu löschen; während er kaum im Stande ist, ein unterhaltendes, belehrendes Gespräch mit Reisegefährten anzuknüpfen und durchzuführen — fühlt er sich an Bord eines Dampfschiffes behaglich und wie zu Hause. — Bei dem Comfort, mit welchem heutzutage die meisten Dampfschiffe ausgestattet sind, kann man der Nachtruhe wie im heimatlichen Bette pflegen; man speist wie im besten Hôtel; man findet Gelegenheit mit Reisegefährten bekannt zu werden; man scherzt, kürzt Langweile durch Lectüre ab; man hat genügend Gelegenheit die Wunderwerke unseres erhabenen Schöpfers zu beschauen, und Alles dieses unbeschadet der Schnelligkeit, mit welcher wir unserem Ziele zusteuern. Führen uns diesem Eisenbahnen schneller zu, so möge sie der benützen, welcher eines bestimmten Zieles wegen einem geschäftlichen Zwecke in seinem Berufe zueilt; wer aber zu seinem Vergnügen, zu seiner Erholung, zu seiner Belehrung reist, der benütze die auf Strömen sanft dahingleitenden Dampfschiffe, wenngleich Eisenbahnen parallel mit dem Strome laufen und der Dampfschifffahrt den Rang an Schnelligkeit ablaufen.

Unter allen den mächtigen Strömen der alten und neuen Welt aber dürfte wohl keiner mit der Donau verglichen werden können.

Kein anderer durchläuft so vieler Herren Länder wie die Donau. Von Würtemberg, Baiern, Oesterreich und seinen Nebenländern, Ungarn, Syrmien; von Serbien, der Moldau und Wallachei und endlich Bulgarien, einer türkischen Provinz, werden die Ufer durch diesen majestätischen Strome gebadet. Welcher Reichthum, welche Verschiedenheit an Völkern, Sitten, Gebräuchen, Trachten und Sprachen! Welche Studien können hier von dem Gelehrten gemacht werden! Wie viel des Anziehenden, Interessanten, zeigt sich nicht hier dem Auge des Reisenden, dessen Aufmerksamkeit jeden Augenblick von andern Bildern des Volkslebens gefesselt wird, die ihm durch ihre rasche Abwechslung Unterhaltung und Belehrung gewähren, wenn er Wien verlassen und den Boden Ungarns betreten hat!

Immer bunter und reicher an Abwechslung wird das ethnografische Kaleidoskop, je weiter er sich hinabfahren lässt auf den Fluthen der Donau. Immer schärfer tritt der Kampf der europäischen Civilisation gegen die asiatische niedere Bildungsstufe hervor, die vom fernen Osten aus, von den Erben des alten byzantinischen Reiches in diese Länder getragen, und sich noch heute mit Macht sträubt den Platz zu räumen und jener Civilisation Raum zu geben, die von Dampfschiffen, Eisenbahnen und Telegrafenlinien getragen, unüberwindlich vordringt.

Weite, fruchtbare, gesegnete Ebenen zeigen sich dem Auge des Reisenden, die nur des Augenblickes harren, in welchem ein gesicherter Besitz, ein geregelter Rechtszustand tausenden Familien von Einwanderern, Heimat, Brot und Wohlstand verschaffen und den Ueberfluss der europäischen Bevölkerung in ihren Gefilden aufnehmen wird.

Welcher Strom ist so reich an geschichtlichen Erinnerungen, Ueberresten längst entschwundener Jahrhunderte und der Neuzeit wie die Donau? — Römische, byzantinische, türkische Ueberreste finden sich überall. Christliche Städte, in deren Mitte sich noch Minarets erheben, römische Aquäducte und Brücken, Ruinen alter Burgen auf malerisch gelegenen Bergesrücken, römische, byzantinische, türkische Bäder, Strassen und Brücken, welche an die römischen Legionen erinnern, — Schlachtfelder, auf denen das Geschick Europa's und der christlichen Religion entschieden wurden; auf denen Attila mit seinen Hunnen lagerte; wo die Heeresschaaren der Magyaren unter König Andreas Hunyadi und vieler Andern, die Brustwehr bildeten gegen die Schaaren, die unter dem Banner des Halbmondes kämpften, sind eben so viele Anziehungspuncte für den denkenden Reisenden, wie Gegenstände, würdig der Aufmerksamkeit des Gelehrten und Geschichtsforschers, ohne dass wir noch von der Insel Lobau, von Aspern, Wagram und andern reden, wo Napoleon seine Schlachten geschlagen und sich Oesterreich gegen seine Zwingherrschaft vertheidigte, das Blut seiner Völker vergiessend.

Wer daher eine Reise von Wien aus nach Constantinopel und dem Oriente unternimmt, wem die Zeit nicht karg zugemessen ist, der folge unserm Rath und benütze die Dampfboote, welche von Wien donauabwärts bis nach Czernavoda (Galaz) abgehen, von wo aus die kürzeste Verbindung nach Constantinopel durch eine Eisenbahn nach Kustendje und von da durch eine 18stündige Seereise nach Constantinopel hergestellt ist.

Man halte sich, je nachdem man Zeit und Musse hat, in Pest und in Mohacs auf, um einen Abstecher nach Fünfkirchen, Szigeth, der Colonie, einem der Donau-Dampfschifffahrts-Gesellschaft gehörigen Kohlenbergwerk zu machen. Dann fahre man mit dem folgenden Dampfer zwei Tage später nach Neusatz, besuche Peterwardein, Kamenitz, Carlowitz, setze hierauf die Reise bis nach Semlin fort, um Belgrad zu besuchen; halte sich wieder in Orsova auf, um einen so lohnenden Ausflug nach dem weltberühmten Bad Mehadia zu machen, dessen Heilquellen schon von den Römern benützt wurden, beschaue sich die Ueberreste der Trajansbrücke, die Trajanstafel, den Severusthurm in Turnseverin, einer wallachischen Stadt, durch die Schiffswerfte der Donau-Dampfschifffahrt-Gesellschaft im Aufblühen begriffen, und setze dann die Reise bis nach Czernavoda oder bis nach Galaz fort, um von dort aus deren Endpunct, Constantinopel, zu erreichen.

Allerdings wird man, wenn man unserem Reiseplane folgt, gezwungen, demselben 8 Tage zu opfern, aber dieses Zeitopfer wird reichlich gelohnt durch die reiche Ausbeute an Schönem und Interessantem, das man gesehen, und um so mehr, da man überall Gasthöfe findet, in denen man gut und zu mässigen Preisen bedient wird.

Sprechen wir von der Donau selbst. Dieselbe ist ein mächtiger Strom, majestätisch und einzig in seiner Art. Bald wälzen sich die Fluthen zwischen weiten Ufern dahin, bald ist der Strom in viele Arme getheilt, mit denen er unzählige Inseln, Auen, reich an Wiesen und grünen Waldungen, umfasst, so dass er ein Labyrinth von Seen zu bilden scheint, aus dem kein Ausgang zu finden ist. Hier sind kaum gebildete Inseln, die durch hingeschwemmte Sandbänke entstanden, dort ragen wieder Felsen hervor; hier ist der Fluss so seicht, dass kaum das Dampfboot passiren kann; dort sprudelt er wieder in einem bodenlosen Wirbel, so dass der Commandant des Dampfers keinen Augenblick seinen Platz verlassen darf, um stets die Maschinen nach Bedarf in ihrem Gang zu hemmen oder zu beschleunigen.

Plötzlich verschwinden die flachen Ufer; das Bett des Flusses wird enger. Hohe Felsen ragen in die Wolken und beengen den Gesichtskreis, mächtige Adler umkreisen den Gipfel der Berge und ringsumher schweigt Alles, — nur die Majestät der Wunderwerke Gottes, die Erhabenheit des grossen Schöpfers des Weltalls spricht zum Herzen des Menschen und ruft ihm zu: Staune und bewundere!

Da wo ein Jahr vorher der Pflug vom Ochsengespann gezogen wurde, tauchen heute die Räder sich in die tiefen Fluthen des Stromes, die der Kiel des Dampfers sicher durchschwimmt, denn eigenmächtig und gewaltig ändert er sein Bett.

Wir sind am eisernen Thor. Regengüsse und der geschmolzene Gebirgsschnee gaben der Donau Reichthum an Wasser. Sicher gleitet das Dampfschiff durch den malerischen Engpass. — Trockenheit herrscht; seit Monden entströmte den Wolken kein Regen; der Wasserstand der Donau ist niedrig.

Felsen an Felsen sind am eisernen Thor sichtbar; ein kühner Springer könnte von Ufer zu Ufer durch Sprünge von Felsen zu Felsen gelangen. Wohin ist die Wassermasse, die kurz vorher den breiten Strom noch füllte, verschwunden? Sie fällt um die Felsen herum in ungeheuere Tiefen, die noch kein Auge erschaute!

Alle Schifffahrt ist unterbrochen; man muss den Dampfer verlassen und die kurze Strecke im Wagen auf gutem Wege zurücklegen, auf einer Strasse, die vom edlen ungarischen Grafen Stefan Szechenyi, dem Mitgründer der Donau-Dampfschifffahrt-Gesellschaft, angelegt wurde.

Diese zeitweisen Unterbrechungen der Dampfschifffahrt bei herrschendem Wassermangel sind die Schattenseite einer Reise auf der Donau. Aber sie haben dahingegen auch die Lichtseite, Abwechslung in die Einförmigkeit einer langen Stromfahrt zu bringen, und es geschieht das Möglichste seitens der Donau-Dampfschifffahrt-Gesellschaft für die Bequemlichkeit der Reisenden zu sorgen, desshalb keine Opfer scheuend.

Alle diese zeitweiligen Hindernisse hören von Turn-Severin aus auf, und wir setzen ohne Unterbrechung die Reise nach Galaz fort, wo wir uns entweder nach Constantinopel oder nach Odessa an Bord eines andern Dampfers einschiffen, wenn wir es nicht vorziehen, d. h. diejenigen welche nach Constantinopel wollen, von Czernavoda nach Kustendje die Eisenbahn zu benützen, wodurch die Reise um zwei Tage abgekürzt wird.

Bevor wir unsere Einleitung schliessen, die wir so kurz und bündig wie möglich gefasst haben und in welcher wir nur ganz im Allgemeinen andeuten wollten, welche Aufgabe wir uns gestellt haben, nämlich: ein treuer Führer auf der Fahrt von Wien nach Constantinopel und auf den Wanderungen in dieser interessanten

Stadt zu sein, — sei es uns vergönnt noch einiges über die Donau-Dampfschifffahrt-Gesellschaft zu sagen, über die Gesellschaft auf deren Schiffen wir die Reise von Wien nach Galaz zurückzulegen gedenken, wenn wir es nicht vorziehen uns von Czernavoda aus per Eisenbahn nach Kustendje zu begeben.

Von Galaz oder Kustendje aus werden wir dann an Bord eines der Dampfer, dem Oesterreichischen Lloyd gehörend, die zu diesem Zwecke mit denen der Donau-Dampfschifffahrt-Gesellschaft in Verbindung stehen, unsere Reise nach Constantinopel, dem alten Bysanz, fortsetzen.

Den Gesellschaften, welche die Dampfschifffahrt auf Flüssen betreiben, pflegt man gewöhnlich weder eine politische noch eine kommerzielle Bedeutung beizulegen.

Man betrachtet solche Gesellschaften, als seien sie mehr zum Nutzen und Frommen der Reisenden denn zu dem des Handels und des Gewerbefleisses errichtet.

Allerdings ist es so auf dem Rhein und andern Flüssen, wo die Flussfahrt so wenig Hindernisse und Schwierigkeiten darbietet, dass jeder Einzelne, jeder Besitzer eines Schiffes Güter einladen und an ihren Bestimmungsort führen kann, und wo sich Dampfschifffahrts-Gesellschaften nur bildeten, um durch Eleganz, Comfort und Billigkeit, so wie durch regelmässige Fahrten, welche nur durch den Besitz einer grossen Anzahl von Dampfern in's Werk gesetzt werden konnten, den Reisenden an sich zu ziehen, während gewöhnliche Segel- oder Ruderschiffe den Transport der Waaren von Stadt zu Stadt besorgten, und noch besorgen, in dem Masse wie sie die Concurrenz der parallellaufenden Eisenbahnen ertragen konnten und noch können.

Anders aber ist es mit der Donau-Dampfschifffahrts-Gesellschaft. Zu ihrer Begründung war nicht allein grosses Capital nothwendig, sondern Patriotismus, Aufopferung für das allgemeine Wohl, Mitwirkung der Regierung eines grossen mächtigen Staates. Energie, Geist und Kenntnisse waren die Grundbedingungen bei der Gründung und bei der Durchführung eines Unternehmens, das auf Flüssen von keinem an Grossartigkeit und zu überwindenden Schwierigkeiten übertroffen wird.

Während der Rhein, die Elbe, Oder und Weser, sprechen wir nur von den Strömen Deutschlands, gewissermassen Kunststrassen sind, die in geregelten Betten ihre Fluthen zum Ocean senden, ist die Donau mehr einem Natur-Riesen zu vergleichen, der im Bewusstsein seiner Kraft jeder Fessel spottet, bald sich in unzählige Arme theilt, nach Willkür ein Bett verlässt und sich ein anderes wählt, bald seine mächtigen Wogen in weite Ebenen drängt und sie dann wieder in einem engen Felsenpass vereinigt, als würden sie von unterirdischen Mächten verschlungen, um einige Meilen weiter wieder an das Tageslicht zu treten und ein ruhiges sicheres Fahrwasser den grössten Seeschiffen darzubieten.

Während die Ufer anderer Ströme gewöhnlich Gebietstheile eines oder mehrerer innig befreundeter Länder sind, die insgesammt dasselbe Ziel — die Wohlfahrt ihrer Bewohner — verfolgen, welche meistens auch auf einer und derselben Stufe der Bildung und Gesittung stehen und gleichgestimmt Handel und Gewerbe fördern wollen, und sich nicht mit politischen Vorurtheilen überwachen, ist die Donau ein Strom, der vielfache Länder bewässert, der auf seinem über 300 deutsche Meilen langen Lauf ganz verschiedene Nationen sieht, die sich untereinander weder an Sprache noch an Gebräuchen ähneln, bei welchen verschiedenes Mass, Gewicht und Zollsystem mannigfache Hindernisse bieten, ganz abgesehen von der Verschiedenartigkeit der politischen Einrichtungen, Gesetze, und Ansichten.

Die Dampfschifffahrt auf der Donau, welche von einer und derselben Unternehmung von Donauwörth bis Sulina betrieben wird, erstreckt sich vom 32. bis. 48 Längengrad nach Osten hin, und steigt vermöge der Krümmungen des Stromes vom 48. bis fast 43. Grade nördlicher Breite herab, und durchläuft daher 343 geografische Meilen.

Die Gesellschaft, deren Betriebs-Directions-Sitz Wien ist, besitzt mehr denn 150 Dampfschiffe von verschiedener Grösse, die theils als Passagierschiffe, theils zum Transport von Gütern und theils als Remorqueure von circa 500 Schleppschiffen verwendet werden.

An Schiffswerften, auf welchen nicht allein Reparaturen, sondern auch neue Schiffsbauten ausgeführt werden, besitzt die Gesellschaft vier, nämlich in Regensburg, in

Korneuburg, Alt-Ofen und Turn-Severin, letztere jedoch nur zum Behufe von Reparaturen jener Dampfer, welche nicht diesseits des eisernen Thores gelangen können.

Wie schon erwähnt worden ist, hat auch die Gesellschaft ihr eigenes Kohlenbergwerk in der Nähe von Mohacs im Betriebe, das den eigenen Bedarf an Kohlen zur Dampfschifffahrt — nahe an 4 Millionen Ctr. (200000 Tons) liefert.

Einunddreissig Stationen auf der obern, so wie zwei und siebenzig auf der untern Donau geben Zeugniss von dem grossen Verkehr von Reisenden und Gütern, die durch die Gesellschaft täglich während der Schiffbarkeit des Stromes befördert werden, von der hohen Wichtigkeit eines Unternehmens, dem sich kein zweites gleichstellen kann auf irgend einem Strom der alten und neuen Welt.

Nicht nur Beförderung von Reisenden allein, wie die vielen grossen Personenboote und Localschiffe, die von Stadt zu Stadt fahren, vermuthen lassen, ist der Hauptzweck der Donau-Dampfschifffahrts-Gesellschaft, sondern sie ist hauptsächlich die Vermittlerin des Austausches des Gewerbfleisses und Handels Mitteleuropa's mit dem Orient.

Das westliche Europa ist durch die Donau-Dampfschifffahrt mit den untern Donauländern und der Levante in unmittelbare Verbindung gesetzt und es ist ein lebhafter Austausch von Erzeugnissen der Industrie gegen die Rohproducte, welche die Handelsbeziehungen der verschiedenen Länder zu dem lebhaften Verkehr herangebildet haben, den sie vermittelt. — Es ist deshalb jedenfalls ein Verdienst von weitgreifender Bedeutung, das sich die Donau-Dampfschifffahrts-Gesellschaft erworben hat, auf dem grössten Strome Deutschlands trotz aller Schwierigkeiten die Dampfschifffahrt eingeführt, — in's Leben gerufen zu haben.

Der denkende Reisende daher, der Reisende, welcher sich zu belehren wünscht und der nicht blos von Stadt zu Stadt eilt, um gedankenlose Neugierde zu befriedigen, wird mit dem grössten Interesse die Fahrt auf der Donau zurücklegen und reich an Beute von interessanten Beobachtungen, in die Heimat zurückkehren.

Dem Betrieb des grossartigen Unternehmens, das dazu berufen ist, die Civilisation des europäischen Westens nach einem beträchtlichen Theil der ostwärtsgelegenen Länder zu tragen; dem Unternehmen, dem es theilweise gelungen ist einen grossen Strom, der früher nur streckenweise schiffbar war, dem Handel und Gewerbfleiss dienstbar zu machen, diesem complicirten Maschinenwerk, dessen Räder stets ineinander greifen müssen, wenn es nicht stillstehen soll, wird von Wien aus durch eine Direction, welcher der aus Actionären gebildete Verwaltungsrath zur Seite steht, die oberste Leitung gegeben.

Wir betreten einen kleinen Dampfer, der vor dem Gebäude der ersten k. k. priv. Donau-Dampfschifffahrts-Gesellschaft auf dem Donau-Canal liegt.

Das kleine Schiff, welches lediglich dazu bestimmt ist, den Reisenden auf dem schmalen Donauarm, der durch die Stadt Wien läuft, nach dem eine halbe Stunde entfernten Hauptstrom, und zwar an Bord des daselbst bereitliegenden grossen Donau-Dampfers zu bringen, lässt uns kaum vermuthen, dass die Donau eine solche Flotte von mächtigen Dampfern auf ihrem Rücken trägt, wie wir ihnen später begegnen.

Verdeck und Salon sind mit Reisenden jeder Nation gefüllt. Kaum ist Raum genug. Laute fremder Sprachen klingen bereits an unser Ohr, und wir haben genügend Gelegenheit, schon jetzt Studien über die Verschiedenartigkeit europäischer Volksstämme zu machen. Zum drittenmal wird geläutet, die Räder der Maschine setzen sich in Bewegung, und wir treten unsere Donaufahrt an.

Die Vorstadt Weissgärber mit ihren Mühlen und Fabriken liegt hinter uns. Wir fahren am neuen Thiergarten vorüber, noch einen letzten Blick des Abschiedes werfen wir auf die schöne Kaiserstadt und ihren weithinblickenden Stefansthurm; die Bäume des Praters längs des Donaucanals scheinen uns nun ein Lebewohl zuzurufen.

Wir sind beim Prater eck angelangt, wo unser ein grosses Dampfboot harrt, das uns nach Pest, der Hauptstadt Ungarns, führen soll. Gleich einem wohlgelenkten Wagen gehorcht unser kleiner Dampfer dem Arme des Steuermanns; wir legen hart an das grosse Donau-Dampfboot an, und verlassen das kleine Canalschiff, um uns mit einer gewissen Befriedigung auf das grössere Dampfboot zu begeben.

Bevor wir die Reise antreten, machen wir uns mit den Einrichtungen der Donau-Dampfschiffe, hauptsächlich mit der Eintheilung der Schiffsräumlichkeiten und den Regeln der Hausordnung etwas näher bekannt. — Es besteht nämlich wie auf den amerikanischen Schiffen (diese Schiffe sind weit bequemer als jene auf andern deutschen Flüssen) ein Verdecksalon, in welchen man von verschiedenen Seiten eintreten kann, und in welchem man sich in meistens guter Gesellschaft aufhält, wenn man es nicht vorzieht auf dem Verdeck sich in freier Luft zu bewegen.

In diesem Salon wird auch das Frühstück, Diner etc. eingenommen, Mahlzeiten, die man bei dem stets anwesenden Kellner-Personal bestellt. Allenfallsige Beschwerden über das letztere oder über die Speisen und Getränke hat man bei dem Schiffs-Controleur zu machen, der mit bereitwilligster Zuvorkommenheit den Wünschen der Reisenden entgegenzukommen hat.

Aus dem Speisesalon führt eine Stiege in die untern Schiffsräume, in welchen sich ein Schlafsalon für Herren und ein solcher für Damen befindet.

Zahlreiche Schlafstellen, abgesonderte Cabinen bieten Gelegenheit zur Ruhe, so wie auch gleichzeitig einen entsprechenden Raum um das Handgepäck, Mantel u. s. f. darauf abzulegen.

Vorsichtige Reisende versäumen nicht von Zeit zu zu Zeit Nachschau über dieses sogenannte Handgepäck zu halten, damit bei dem fortwährenden Wechsel der Reisenden, die an den Stationen ein- und aussteigen, nicht Verwechslungen vorkommen, die jedem Reisenden sehr unangenehm sein müssen. Werthsachen behält indessen jeder Reisende von Erfahrung in seiner unmittelbaren Nähe, und wir beschränken uns hier nur mit dieser Andeutung. Wir glauben jedoch jeden Reisenden nochmals darauf aufmerksam machen zu sollen, dass die Donau-Dampfschifffahrt-Gesellschaft nur für jene Reise-Effecten eine Garantie übernimmt, welche als Reise-Gepäck bei der Einsteige-Station aufgegeben und worüber ein sogenanntes Recepisse ausgestellt worden. Alles übrige Handgepäck aber, welches der Reisende bei sich behalten will, ist auch einzig und allein unter seiner Verantwortlichkeit.

In wenigen Minuten ist die Uebersiedlung der Passagiere und der Effecten vollzogen, und wir treten nun die eigentliche Fahrt auf der Donau an.

Zu unserer Rechten auf flachen Ufern haben wir die sogenannte Wiener-Ebene, zu unserer Linken das fruchtbare Marchfeld, die sich beide weithin ausdehnen, ohne dass das Auge einem begrenzenden Ruhepunct, ausser dem Himmelszelt, begegnet. — An ganz nebelfreien Tagen sieht man zwar den Gipfel des Schneeberges, jedoch ist er so weit entfernt, dass er alles Interesse verliert. Der Strom ist hier in zahlreiche Arme getheilt, Inseln bildend, die mit Schatten gebenden üppigen Waldungen bewachsen sind und das Auge durch ihr herrliches Grün erfreuen. Die flachen Ufer sind bedeckt mit wildgewachsenem Gestrüpp, aus welchem Erlen und Silberpappeln hervorragen.

Wir lassen zu unserer Rechten die Simmeringer Haide, ohne dass wir das auf derselben liegende Dorf Simmering erblicken, so wie das auf dem entgegengesetzten Ufer gelegene Esslingen, das seine geschichtliche Bedeutung den Kriegen Napoleon's zu danken hat und welchem Aspern mit seinem blutigen Schwesterschlachtfeld gegenüber liegt.

Auf dem linken Ufer ragen nur auf einen Augenblick die Thürme und Ringmauern der Stadt Gross-Enzersdorf hervor, die im Jahre 1683 von den Türken verwüstet, 1809 von den Franzosen erstürmt und verbrannt, so wie 1827 von den Flammen fast gänzlich in Asche gelegt wurde.

Ungefähr eine halbe Viertelstunde von dem rechten Ufer liegt der alte Ort „Kaiser-Ebersdorf“, dessen ehemaliges kaiserliches Lustschloss jetzt als Kaserne benützt wird, und in dessen Nähe die Franzosen, 160.000 Mann stark, im Jahre 1809 über die Donau setzten.

Wir erwähnen diese kleinen Orte nur ihres historischen Werthes wegen, damit der Reisende daran gemahnt werde, dass er sich in jener Gegend befindet, an die sich denkwürdige Erinnerungen knüpfen.

Etwas weiter unten ergiesst sich die Schwechat in die Donau, ein Name, der durch das in dem Flecken gleichen Namens gebraute gute Bier weit und breit bekannt ist; und am Ausfluss des „kalten Ganges“ liegt das Dorf „Mannswörth“ mit ungefähr 120 Häusern und 1200 Seelen, von dessen Kirche behauptet wird, dass sie auf römischen Grundmauern erbaut sei. Links liegt dann das Dörfchen Mühlleiden, in dessen Nähe ein französisches Armeecorps unter Oudinot seinen Uebergang über die Donau bewerkstelligte.

Wir passiren am rechten Ufer ein freundlich gelegenes Städtchen Fischament. Die grosse Fischa ergiesst sich hier in die Donau, indem sie den Marktflecken mit 1200 Einwohnern, von dem Dorfe gleichen Namens, mit der Hälfte der Einwohnerzahl, scheidet.

Längs der Donau findet man hier geringe Ueberreste einer römischen Strasse und eines Walles, während eine kleine Insel, die Schüttelau, den Bewohnern der benachbarten Ortschaften als Belustigungsort dient und daher den Namen Augarten erhalten hat.

Oberhalb Fischament hören die sogenannten Auen auf; die Ufer werden steiler und sind nicht mehr so einförmig, der Strom sammelt seine Gewässer in einer Breite von fast 600 Schritten, um sich bald wieder in zahlreiche Arme zu theilen.

Das kleine Dorf Elend, in welchem 1773 die Fluthen Kirche und Pfarrhof wegschwemmten und bei welchem ein Bruder des tapfern Ritters Prinz Eugen im Türkenkriege schwer verwundet wurde, so dass er in einigen Tagen darauf starb, entschwindet rasch unseren Blicken. Indem wir nun für eine ziemliche Strecke das linke Stromufer, welches überhaupt längs des ganzen Laufes der Donau stiefmütterlich von der Natur behandelt worden ist, unbeachtet lassen, da es nichts darbietet, was die Aufmerksamkeit des Reisenden fesseln könnte, folgen auf dem rechten Ufer rasch auf einander die Dörfer Haslau, früher Kroatischhaslau, da es ursprünglich nur von Kroaten bewohnt wurde, mit circa 400 Seelen; Reglebrunn mit nicht zahlreicher Bevölkerung; sowie Wilfings- oder Wildungsmauer, dessen im Beginn des Mittelalters schon urkundlich erwähnt wird. Dann gelangen wir nach Petronell, ein Marktflecken mit ungefähr 1200 Einwohnern, dessen Pfarrkirche von Constantin dem Grossen erbaut und der heiligen Petronella geweiht worden sein soll, mit einem dem Grafen Hardegg gehörigen Schloss und Thiergarten. Dieses Schloss hat nur 2 Stockwerke, jedoch eben so viele Fenster als Tage im Jahr sind. Neben dem Marktplatz an der Strasse befindet sich die alterthümliche Ruine einer Capelle, dem heiligen Johannes dem Täufer geweiht, in deren Innern noch der Leichenstein der wegen ihrer Reize berühmten Dorothea Scharfeggin sich befindet. Wie die geschichtlichen Traditionen erzählen, war ihr Gemal Eberhard Rauber von ausserordentlicher Leibesstärke und hatte einen Bart, der bis auf die Fussspitzen reichte.

In der Nachbarschaft von Petronell lag das römische Carnuntum, von Attila dem Hunnenkönig gänzlich zerstört, wo noch heutzutage viele römische Alterthümer gefunden werden; so wie auch das im Munde des Volkes sogenannte Heidenthor, der Ueberrest eines römischen Triumphbogens. Eine Schanze, wahrscheinlich aus den Türkenkriegen herrührend, erstreckt sich von hier aus bis zum Neusiedlersee.

Die Gegend beginnt nunmehr aus ihrer Eintönigkeit hervorzutreten und das rechte Ufer fesselt unsere ganze Aufmerksamkeit. — Das Dampfboot fährt dicht am Ufer und lässt uns kaum Zeit genug, um das sich nunmehr dem Auge darbietende Deutsch-Altenburg, ein Städtchen an 1000 Einwohner zählend, mit seinem Schloss, zu beachten. — Hinter demselben steht eine aus Quadersteinen erbaute Kirche auf einer Anhöhe, die eine der ältesten Oesterreichs sein soll. Trotzdem ist das Aeussere derselben noch wohl erhalten, wenn auch ihr Altar verlassen, und die Klänge der Andacht in ihren Räumen nicht mehr laut werden. Das kleine Städtchen Deutsch-Altenburg hat Schwefelbäder, die schon von den Römern als Thermen unter dem Namen Aquae Pannonicae benützt wurden.

Ein uns entgegenkommendes Dampfboot mit drei schwerbeladenen Schleppschiffen zwingt uns langsam zu fahren und es bleibt uns kaum Raum, um zwischen demselben und dem Ufer durchzuschlüpfen, die Capitäne und Steuerleute grüssen sich ebenso freundlich als artig, eine wohlverstandene Höflichkeitsform, dass man sich gegenseitig Platz mache. — Eine Begegnung mit Schiffen auf dem Fluss ist immer etwas Interessantes, es gibt dem Bild neues Leben und fesselt die Aufmerksamkeit. Unsere Blicke werden dann durch die reizend gelegene Stadt **Hainburg** gefesselt. Zwischen drei Bergen malerisch gruppirt, während im Hintergrund ein vierter Hügel, auf dessen Rücken die Ruinen der alten Hainburg stehen, ist die Stadt erbaut. Die kaiserliche Tabakfabrik mit ihren hohen Schornsteinen, — daneben ein Fabriksgebäude, in welchem Nähnadeln angefertigt wurden, aber jetzt nicht mehr im Betrieb, eine Pionnier-Kaserne und das grosse Schlossgebäude, jetzt der Erziehung von Zöglingen für die militärische Laufbahn bestimmt, sind eben so viele anziehende Puncte. — Die Stadt zählt an 4000 Einwohner und 300 Häuser.

Im Jahre 1827 wurde sie von den Flammen fast ganz verzehrt. Ueberreste aus der Vorzeit, und Sagen die noch im Munde des Volkes leben, bieten dem Geschicht- und Alterthumsforscher viel des Interessanten; der uns zugemessene Raum erlaubt uns aber nicht, dabei lang zu verweilen, denn wir müssen mit dem Dampfboot vorwärts eilen und gelangen sogleich an den **Braunsberg**, auf dessen Felsen, der von den Fluthen der Donau gebadet wird, die Ueberreste der Burg **Rottenstein** stehen, deren Herren zur Zeit des Faustrechts des edlen Handwerkes der Wegelagerer gegen Schiffe gepflegt haben sollen.

In einer nicht unbeträchtlichen Entfernung vom linken Ufer der **March**, die sich dann in die Donau ergiesst, liegt **Schlosshof**, vom Prinzen Eugen erbaut, jetzt jedoch ein kaiserliches Schloss, in welchem er einen Theil seiner letzten Lebensjahre verbrachte.

Jetzt erblickt das Auge auf steilen hohen Felsenmauern die letzten Ueberreste eines römischen Thurmes und hinter demselben den lieblich gelegenen Marktflecken Theben, ungarisch Déven, und slavisch Dowina oder Dewojna, welches Jungfrauenburg bedeutet, mit 1100 Einwohnern, etwas über 200 Häusern und einer Burgruine. Diese Burg war dereinst von bedeutendem Umfang und grosser Festigkeit, und soll im 6. Jahrhundert von Slaven erbaut worden sein. Oft kämpfte Ungarn und Oesterreich um den Besitz dieser Feste, welche König Stefan um das Jahr 1000 seinem Reich einverleibt hatte und die später an die Familien Bathory und Palffy kam. Grosse Erinnerungen knüpfen sich an diese Burg, welche sogar den Türken widerstand. Drüben auf dem Meiergute Schlosshof hatte Prinz Eugen seinen Landsitz, dort auf dem Salmshof lebte Wiens Vertheidiger Graf Nicolas Salm. Die Burg wurde erst 1809 von den Franzosen zwecklos gänzlich gesprengt. Die erinnerungswürdige Feste Theben ist das Eingangsthor Ungarns.

Wir sind an der Grenze des Königreichs Ungarn, reich an weltgeschichtlichen Erinnerungen, mit seinen kräftigen Volksstämmen voll tapfern, edlen Sinnes und feuriger Vaterlandsliebe, — eines Landes, welches durch den Reichthum und die Vorzüglichkeit seiner Boden-Erzeugnisse allen Völkern bekannt ist. — Kaum eine Viertelstunde unterhalb Theben gelangen wir zu der am linken Ufer liegenden königlichen Freistadt Pressburg, Hauptstadt des Comitates gleiches Namens, die an 44.000 Einwohner hat.

Pressburg, ungarisch Pozsony, ist eine der schönsten Städte Ungarns, hat jedoch mehr deutsche als ungarische Einwohner. Die Stadt ist wiederholt zu Kriegszeiten zerstört worden, allein um so freundlicher breitet sie jetzt ihre schönen Strassen mit den stattlichen Häusern, Gärten und Spaziergängen aus, welch' letztere sich auf beiden Ufern der Donau befinden. — Die Donauufer sind durch eine Schiffbrücke verbunden.

Pressburg war, so lange Ungarn grösstentheils unter der Gewalt der Türken stand, die Landtags- und Krönungsstadt, bis im Jahr 1784 Josef II. den Sitz der Regierungsbehörden nach Ofen verlegte, — Pressburg aber blieb die Krönungsstadt. — Ein 10 Fuss hoher, auf einem Platz in der Stadt, nahe der Donau gelegener Hügel, ist der sogenannte Krönungshügel, auf welchen die ungarischen Könige nach der Krönung zu reiten pflegten, um durch die 4 nach den Himmelsgegenden ausgeführten Schwerthiebe anzudeuten, sie würden das Land nach allen Seiten hin schützen. — In der alten prächtigen Domkirche, mit reich vergoldetem Thurm, empfingen die Könige die heilige Krone, und im Franziskanerkloster ernannten sie die Ritter des goldenen Spornes.

Zwischen Franz II. und Napoleon wurde hier am 26. December 1805 der geschichtlich bekannte Friede geschlossen und unterzeichnet.

PRESSBOURG.

Eine weite fruchtbare Ebene dehnt sich von hier gegen Osten und Süden aus, während die Stadt nach Westen und Norden hin die kleinen Carpathen begrenzen, auf welchen sich üppige Weinberge erheben. Auf einem 120′ hohen Plateau stehen die Ruinen des alten königlichen Schlosses mit vier Eckthürmen, welches Maria Theresia verschönert und im Innern königlich ausgeschmückt hatte, bis es im Jahr 1811 durch eine Feuersbrunst gänzlich zerstört wurde. Es ist dies dasselbe Schloss, in welchem Maria Theresia, mit dem Sohne auf dem Arme, die ungarischen Magnaten zu begeistern verstand.

Die Stadt Pressburg ist als Handels- und Speditionsplatz nicht ohne Bedeutung. Die unmittelbare Lage an der Donau, eine Eisenbahnverbindung nach Pest und Wien, sowohl als nach dem ganzen nördlichen Deutschland, ferner eine Pferdebahn nach Tyrnau in Oberungarn bilden hier einen Knotenpunct von Communicationswegen, welche mit vielem Vortheile ausgebeutet werden. Auch ist der Weinbau in der Umgegend sehr ergiebig, die Zufuhr der wohlbekannten slovakischen Gerste, welche zur Bierbrauerei weit hinaus über die Grenzen Oesterreichs gesucht, ist in gesegneten Jahren höchst lebhaft, während Gemüse- und Obstbau und der berühmte Zwieback der Stadt eine grosse Regsamkeit verleihen. — Zunächst ist es wohl die Nähe der Residenzstadt Wien, die vielfachen Reisegelegenheiten, welche sich tagtäglich bieten, die dieser Regsamkeit stets neue Nahrung gibt. Seitdem die Donau-Dampfschifffahrt ausserdem noch eine eigene Localschiffverbindung zwischen Wien und Pressburg eingeführt hat, die hauptsächlich den Zweck verfolgt, die Approvisionirung Wiens zu fördern, seitdem scheint sich der Verkehr und der Handel zu verdoppeln.

Wir verlassen Pressburg und unser Dampfer führt uns vorbei an den Dörfern und Auen der fruchtbaren Schüttinsel, in deren Hintergrund sich eine fruchtbare Ebene öffnet, deren nordwestlich gelegene Grenze durch Weinberge gebildet wird. Wir gelangen nun in das wahre Donau-Labyrinth. Unzählige Arme des mächtigen Stromes bilden ebensoviele Inseln, die theils öde, theils belaubt, dem Schiffe den Weg zu versperren scheinen. Hier sieht man thatsächlich alte Donaubette trocken, welche ein Jahr vorher die Dampfboote als Fahrstrasse benutzt hatten. Und so geht es jahraus jahrein, heute schlägt man diesen Arm der Donau ein, morgen einen gerade entgegengesetzten, die sich jedoch Alle wieder in dem alten und grossen Donaubett vereinigen, welches durch einen ziemlich bedeutenden Nebenarm die sogenannte Insel Schütt bildet.

Das Dampfboot hat nun bald die seichten Stellen des Flusses hinter sich, welche die Aufmerksamkeit des Capitäns in hohem Grade in Anspruch nehmen.

Nachdem die kleine Station Köstrelyes als Hauptstation der Insel Schütt passirt ist, gelangen wir nach Gönyö, einer am rechten Donauufer sich befindlichen

Station, welche der Vorhafen der königlichen Freistadt und des Hauptortes des gleichnamigen Comitates, Raab, am Einflusse der Raab und Rabnitz ist. Raab ist der Sitz eines Bischofs und eines Stuhlrichters, zählt über 30,000 Seelen, war ehedem eine Festung, und ist der wichtigste Stapel- und Handelsplatz für das ungarische Getreide, welches in enormer Masse durch Schiffe jeglicher Art aus den gesegneten Theissgegenden dahin geführt wird. Der Handel Raabs ist von grosser Bedeutung, um so mehr, als die kolossalen Frucht-Magazine so zu sagen die Speicher und Vorrathskammern der Haupt- und Residenzstadt Wien bilden. — Durch eine Eisenbahn mit Wien verbunden, ist die Zufuhr des Getreides für alle Jahreszeiten gesichert. Ein kleines Dampfboot, welches die mit uns zu reisenden Passagiere von Raab herausgebracht hat, nimmt jene Reisende auf, welche mit unserem Dampfboot von Wien und Pressburg gekommen sind, und bringt sie nach kaum $1\frac{1}{2}$stündiger Fahrt nach Raab.

Hier beginnt das eigentliche Magyarenland, das sich durch Verschiedenartigkeit des Häuserbaues u. dgl. mehr kundgibt. — Der Lauf des Stromes ist hier nicht mehr so rasch, und wir erblicken links an der grossen Schütt: Vajka, Marktflecken, dann Weisskirchen (ung. Medve), dann die Dörfer Csicso, Füsz und Néma.

Kaum sind wir von Gönyö abgefahren, so sehen wir den Marktflecken Martinsberg (ung. St. Marton) mit einer Bevölkerung von fast 1900 Seelen, und mit der auf einem Hügel liegenden Benedictiner-Abtei gleiches Namens, welche viel des Sehenswerthen enthält; dann folgen rasch aufeinander die kleinen Dörfer Lovod und Monostor. Sobald wir an den Dörfern Ujfalu und Örs, auf dem linken Ufer liegend, vorüber sind, zeigen sich die Wälle und Thürme der Festung Komorn. Wir halten noch an dem durch eine Schiffbrücke verbundenen rechten Donauufer, an der kleinen Station Neu-Szöny und wenden uns sofort nach der Station Komorn, ung. Komarom, Hauptort des Comitats und bedeutende Festung. Die Festung wurde von Mathias Corvinus angelegt und später allmälig durch erweiterte Befestigung zu ihrer heutigen — sozusagen uneinnehmbaren Stärke vervollkommt, denn bis heute ist sie durch Gewalt von keinem Feinde erobert worden. — Die Donau, Waag und Neutra fliessen zusammen in den Hauptstrom und stempeln Komorn dadurch zu einem wichtigen Eingangspunct in die grossen Ebenen. — Während nun die Flüsse von zwei Seiten als Festungsgräben dienen, ist die dritte Seite durch weitläufige Sümpfe gedeckt, welche sammt und sonders durch eine grosse Zahl eherner Schlünde jede Annäherung zur Unmöglichkeit machen.

Der Reisende auf der Donau sieht leider nur die Aussenwerke der Festung, so wie eine Brücke, welche die Verbindung zwischen den Ufern der Waag-Donau unterhält.

Komorn ist ein mächtiges militärisches Bollwerk und ringt jedem Reisenden, welcher diesen Namen schon aus seiner ersten geografischen Studienzeit im Gedächtniss hält, eine gewisse Achtung ab. — Lassen wir indessen unsere Blicke nach erfreulicheren Dingen schweifen.

Nun verschwinden die Sandbänke, das Flussbett wird tiefer und der Strom wälzt majestätisch seine Fluthen den Ufern entlang, die nun anfangen malerischer zu werden, je mehr man sich Gran nähert.

Ueppige Felder und Wiesen, grüne Weinberge ergötzen das Auge, und der Charakterzug von Land und Leuten wird immer fremdartiger.

Rechts liegt nun der Marktflecken Ó-Szöny, 1600 Einwohner zählend, ein Schloss mit Park, dem Grafen Zichy gehörend und römische Alterthümer enthaltend, so wie links die beiden Dörfer Isza und Path liegen.

In der Nachbarschaft des am rechten Ufer liegenden Dorfes, Almas, an welcher Station der Dampfer einige Minuten anlegt, sind ergiebige Alabasterberge, aus welchen man Steinblöcke von rother Farbe gewinnt, die weithin versendet werden. Auch eine Quelle warmen Mineralwassers besitzt dieser Ort. Zwei Canäle, angelegt, um zwei umfangreiche Moräste auszutrocknen, ergiessen sich in die Donau, so wie auch hier viele römische Alterthümer gefunden werden, und Weinbau im grossen Massstabe betrieben wird.

Unterhalb Almas liegt das wegen seines Weines im guten Ruf stehende Nessmül (ung. Neszmély), ein Dorf, das ungefähr 1500 Einwohner zählt und dem Fürsten Esterházy und Grafen Zichy gemeinschaftlich gehört.

Seine besten Weinsorten wachsen auf dem Pophegy, Melegeshegy und Kásashegy. Die Dörfer Radvany und Mocs liegen am linken Ufer; das letztere, so wie das rechts liegende Süttö, hat den Primas von Ungarn zum Grundherrn. In der Nähe liegen viele Marmorblöcke, die wie zu Almas des Einschiffens harren. Auf demselben Ufer finden wir dann das Dorf Karva, welches ein Castell besitzt; sowie am entgegengesetzten Piszke, Nyirges-Ujfalu, dem Erzbischof von Gran gehörend, — Thát; und etwas tiefer im Lande, links, sehen wir die Thurmspitzen von Muszla sowie Ebéd.

Jetzt erblicken wir den grossen malerisch gelegenen Dom der alten königlichen Freistadt Gran, auf einem Felsenplateau erbaut, das sich von dem Bergzuge getrennt hat und ost- und westwärts die Donau überschaut. Der Graner Dom ist die grossartigste Kirche in Ungarn. — Der kunstliebende Primas Rudnay begann im Jahre 1821 dessen Bau und der gegenwärtige an Kunstsinn ihn noch überbietende Fürstprimas Szytowsky hat denselben im Jahr 1861 vollendet. Es ist ein wahres Meisterwerk der neueren Baukunst, würdig, ja prachtvoll im Innern ausgeschmückt. — Der Hochaltar ist mit einem kolossalen Wandbild von Grigoletti „die Himmelfahrt Mariä,“ geschmückt, während die Frescomalereien in den Gewölben der Schiffe und der Kuppel von Moralt ausgeführt wurden. Alle Ausschmückungen des innern Domes bestehen aus Marmor, wovon die Altäre und Seitencapellen, sowie die Doppeltreppe, welche zu den

Grabgewölben führen, und endlich die Primatialgruft von anerkannten Meistern, wie Meixner, Ferenczi und Andern ausgearbeitet sind. Die Pracht der Kunstwerke, die heilige Stille im Innern des Domes, bringen einen überwältigenden Eindruck hervor.

Die Basilika ist nach der Peterskirche in Rom erbaut und umgeben von dem bischöflichen Palast, mit 22 Wohnungen der Domherren und die dazugehörigen Gärten, und vom Seminarium. Der Plan, nach welchem die Kathedrale erbaut ist, wurde von dem Architekten Kühnel entworfen, und von einem andern, Namens Pakh, in's Werk gesetzt und vollendet.

Die Stadt Gran liegt in einem freundlichen Thal, zählt ungefähr 15.000 Einwohner und ist nicht ohne industrielle Thätigkeit.

Auf dem Marktplatz steht ein herrliches Standbild der Kaiserin Maria Theresia. Gran ist jederzeit eine belebte Donau-Station. Es steigen immer viele Reisende ein und aus, und so auch heute. Die Schiffbrücke, welche Gran mit dem linken Donauufer verbindet, wird dann geöffnet und unser Dampfer gleitet anstandslos weiter.

Nicht weit von der Mündung der Gran, am linken Ufer, liegen die Dörfer Bajta und Helenba. In des letztern unmitelbarer Nähe ergiesst sich die Eipel in die Donau.

Hier beginnt nun eine der schönsten Donau-Parthien, die sich wohl mit Recht an die Seite der vielgenannten Rheingegenden stellen darf.

Zwischen hohen Felsen, in einem engen Bette, bespülen die Fluthen das Pilis-Gebirge, durch welches die Landschaft einen äusserst lieblichen Rahmen erhält. — Wer die Donaureise in den Frühjahrs- oder Sommer-Monaten macht, wird sich noch oft an die schöne Donaugegend erinnern.

Nachdem wir noch rechts das Dorf Pilis-Maroth, von Slovaken bewohnt, und die Ueberreste einer grossen Moschee aufweisend, dann links das ansehnliche Dorf Szobb, — rechts das Pfarrdorf Dömös mit seinen Mauerüberresten der Probstei St. Margaretha, — und am andern Ufer Szebegény hinter uns gelassen haben, bietet uns auf einem hohen Bergkegel die ansehnliche Ruine des uralten Vissegrad einen malerischen Anblick.

Schon vor der Eroberung des Landes durch die Magyaren, von den Slaven erbaut, spielte Vissegrad, d. i. Hochburg, eine bedeutende Rolle. Unter Mathias Corvinus erreicht es seinen Glanzpunct. Da sprangen Fontainen in den Gärten, zierten Gemälde und werthvolle Bücher die Bibliothek, strahlten Säle und Zimmer von königlichem Schmuck. Doch alle Herrlichkeit ist verschwunden, nichts ist übrig geblieben als ein wüster Trümmerhaufe, ein Zeuge der Vergänglichkeit alles Irdischen. — Der Salamonsthurm, 6 Stockwerke hoch, heisst eine am Fusse des Felsens noch ziemlich gut erhaltene Bastei.

Der unter der Feste liegende Marktflecken gleiches Namens, früher eine der blühendsten Städte Ungarns, ist ebenfalls sehr herabgekommen; seine Bevölkerung, grösstentheils Deutsche, betreibt Acker- und Weinbau und übersteigt jetzt kaum mehr die Zahl von 1000; — der andere Marktflecken, ebenfalls von Deutschen bewohnt, welcher ihm gegenüber liegt, ist Nagy-Maros.

Der Donaustrom ist indessen immer mächtiger geworden, seine Breite beginnt zu imponiren, je weiter er sich nunmehr in die Ebene ergiesst. Er sucht für die Wassermasse Auswege und theilt sich in zwei Arme, wovon wir den linksfliessenden benützen, um gleich darauf vor der freundlichen Stadt Waïtzen zu landen.

Die Lage Waitzens ist wegen des eigenthümlichen Laufes der Donau, die hier plötzlich nach Süden läuft, nicht ohne strategische Bedeutung, wenigstens in den früheren Kriegszeiten, gewesen und desshalb hatte die Stadt so manchen heissen Kampf zu überstehen.

Anderthalb Jahrhunderte stand es unter türkischen Herrschern, eine Periode, welche die Stadt nicht zur Blüthe bringen konnte. In späteren Zeiten wurde Waitzen hauptsächlich durch die daselbst residirenden Bischöfe wieder aufgebaut, unter welchen dem Bischof Migazzi das grösste Verdienst gebührt, denn man kann sagen, dass hauptsächlich er die Stadt Waitzen neu erstehen half.

Sein Hauptwerk ist auch der prächtige Dom, welchen er von 1772 bis 1774 erbaute, — dessen Kuppel die Häuser überragt und von weitem sichtbar ist und in welchem sich die Porträte von Migazzi und Altan in Mosaik befinden.

Die Stadt ist nett und regelmässig, hat viele schöne Gebäude, unter denen das neue Strafhaus zunächst in's Auge fällt. Von hier aus geht die Eisenbahn, welche dem Lauf der Donau parallel lauft, landeinwärts nach Pest. Ihr gegenüber am westlichen Donauarm liegt Bogdany, ein Ort, der königlichen Kammer gehörend. Die Donau verlässt nun den bisher befolgten Lauf, und statt östlich, fliesst sie mit einem Male wieder südwärts bis weit hinter Pest, 38 geografische Meilen, in gerader Richtung.

Da wo eine vulkanische Bergkette die Alpen mit den Karpathen vereinigt, hat die Donau, diese Kette gewaltsam durchbrechend, eine felsige Pforte sich gebildet, durch die sie ihre Fluthen in die sogenannte grosse Ebene sendet, welche sich auf dem linken Ufer bis nach Vukovar im ehemaligen Herzogthum Syrmien, dem Endpuncte der geraden südlichen Richtung der Donau erstreckt.

Ohne dem Auge einen andern Ruhepunct als den begrenzten Horizont zu gewähren, umfasst diese ungarische Savanne eine Oberfläche von 1568 □ Meilen, deren grösste Breite 38 geografische Meilen, und deren geringste 26 ist, und die, so fruchtbar auch das Land sein könnte, wenn es bebaut wäre, doch nur theilweise als Viehweide benützt wird.

Unterhalb Bogdany liegt der Marktflecken St. André, der trotz seinen 8 Kirchthürmen nur an 3000 Einwohner zählt.

Ehe wir nun ein Zeuge der Wiedervereinigung der beiden Donauarme werden und die Insel St. Andrä aus dem Gesicht verlieren, erblicken wir noch das Dorf Dunakeszi, bereits in der grossen Pussta liegend; allmälig nähert sich nun unser Dampfer den malerischen Umrissen des Ofner-Gebirges, wir unterscheiden das schön gelegene Alt-Ofen, die mit Weinbergen bewachsenen Hügel, die Margaretheninsel, das Schloss, so wie hinter demselben die Festung in der alten Stadt Buda (deutsch Ofen) und das reizende Panorama, dessen abwechselnde Landschaften und Contouren immer schärfer hervortreten, wird durch den sogenannten Blocksberg geschlossen.

In wenigen Augenblicken liegen die beiden Schwesterstädte Pest und Ofen, durch eine prachtvolle herrliche Kettenbrücke verbunden, vor unseren Augen. Der Anblick ist ein bewältigender und dürfte keinem Vergleiche ähnlicher Landschaften aus dem Wege gehen. — Hat der langersehnte Moment der Ankunft an das Ziel des Tages schon seinen Reiz, so wird er durch den mächtigen Eindruck des Bildes, das sich plötzlich vor unseren Augen entfaltet, noch erhöht. — Das Dampfboot hat an Ofen angelegt und ein grosser Theil der Mitreisenden steigt aus. — Wir fahren nun ohne langen Aufenthalt an das Pester Ufer, wo eine Flotte von Dampfbooten jeglicher Art an dem prachtvollen Quai ankern und legen gerade unter dem Gebäude der Donau-Dampfschifffahrts-Gesellschaft an. — Man thut als Fremder gut, die grosse Menge der Reisenden aussteigen zu lassen, das Gedränge ist gross, man wird von den Massen unwillkürlich fortgetragen, und geräth dann leicht in einen noch grösseren Knäuel von Harrenden und namentlich von einer Unzahl von Trägern u. s. w., welche alle ihre Dienste anbieten und die man, wie man sofort sieht, gar nicht nöthig hat. Der Capitän und Controleur des Schiffes, welche sich schon von Wien herab, nachdem sie erfuhren, dass wir mittels Eilschiff weiter donauabwärts zu reisen beabsichtigen, auf das freundlichste unserer angenommen hatten, geben uns mehrere Leute des Schiffspersonals, welche unser Handgepäck tragen und dieselben geleiten uns an Bord des ganz nahebei liegenden Eilschiffes, wo man uns ebenfalls schon erwartet, und je nach den gelösten Fahrkarten in die bezüglichen Räumlichkeiten einführt. Unsere Reisegefährten legen ihre Effecten einstweilen ruhig ab, wir aber behalten uns vor, weiter unten den Eindruck zu schildern, welchen der Empfang am Eilschiffe und dessen ganze Einrichtung auf uns machte; denn wir beabsichtigen, einige Tage in Pest zu bleiben, um uns Pest und Ofen zu besichtigen und übernehmen die Rolle eines Führers, der ruhig die Pflichten seines Amtes versieht. — Man empfiehlt in erster Linie den Erzherzog Stefan, die Königin von England, das Hôtel de l'Europe und zunächst die Gasthöfe zweiten Ranges Jägerhorn, König von Ungarn, Stadt Paris. — Der Inhaber der letzteren ist zugleich der Restaurateur sämmtlicher grösserer Passagierschiffe der Donau-Dampfschifffahrt-Gesellschaft, über

VUE DE PEST·OFEN.

dessen Arrangement und Küche wir auf unserer Donaureise so manches Lobenswerthe zu sagen haben.

Die Hôtels in Pest sind durchgehends äusserst comfortabel und elegant eingerichtet. — Man speist in den Salons à la carte und findet jederzeit gute und gewählte Gesellschaft. — Für Gourmands können wir die Küche des Hôtel de l'Europe vorzugsweise empfehlen, indem der Besitzer Herr Duchonge, als ehemaliger französischer Cuisinier, uns Proben seiner Geschicklichkeit und guten Geschmacks geliefert hat.

Wir befinden uns nun in der Hauptstadt des Königreichs Ungarn. — Für den Ausländer hat Ungarn und sein schöner Volksstamm ein ganz besonderes Interesse, denn die feurige Nation mit ihrer glühenden Vaterlandsliebe ist auf dem ganzen Erdenrund bekannt. — Fühlt man sich auch durch die Erzählung schauerlicher Räubergeschichten aus früherer Zeit etwas ängstlich, so findet man sich doch in kürzester Zeit in Ungarn sehr heimisch. — Die Bewohner von Pest namentlich behandeln den Fremden mit einer Artigkeit und Zuvorkommenheit, welche unwiderstehlich gewinnen muss.

Aus dem früher Gesagten, dass im Allgemeinen das linke Donauufer weniger als das rechte von der Natur begünstigt sei, sowie dass die grosse Ebene sich schon von **Waitzen** aus 32 geografische Meilen erstrecke, — ergibt es sich von selbst, dass Pest in Folge seiner Lage in der Ebene, der Schwesterstadt Ofen bei weitem an Schönheit der Lage und Umgebung nachstehen müsse.

Während die Häuser des alten Buda malerisch auf Hügeln gruppirt sind, Schloss, Citadelle und Blocksberg einen reizenden Anblick gewähren, im Hintergrunde die Ofner Gebirge mit ihren grünen Weinbergen, üppigen Waldungen und Saatfeldern das anmuthige Panorama vervollständigen, liegt das neue kokette Pest mit seinen regelmässig laufenden Strassen in der sandigen Ebene.

Was aber die Natur der einen Stadt versagte, hat die Kunst und der Geist des Menschen durch andere Vorzüge zu ersetzen gewusst. In Ofen finden wir weder breite regelmässig laufende Strassen, noch moderne grosse Häuser oder Paläste, keine schönen öffentlichen Plätze, wie in der eleganten Stadt Pest. Mit den prachtvollen Gebäuden, schönen Kaufmannsläden, mit dem herrlichen Quai, der von der Donau-Dampfschifffahrt-Gesellschaft in seiner bisherigen Länge erbaut, mit dem unaufhaltsam zunehmenden geräuschvollen Klein- und Grosshandel, hat Pest das Gepräge des Reichthums, das einer Grossstadt. Ofen ist eine Kleinstadt, wo sich Alles in gewöhnlicher Wiederkehr des bürgerlichen Lebens bewegt.

Ofen, die alte Hauptstadt des Königreiches Ungarn, besteht aus der Festung oder innern Stadt, in welcher das königliche Schloss liegt; und Altofen, welches seit dem Jahre 1850 seine Selbstständigkeit als Commune verlor und in die von Ofen einverleibt wurde.

Die Namen der Vorstädte sind: Wasserstadt, ungar. Vezi-Város; Landstrasse, ungar. Országut; Neustift,

PLAN
von
PEST u. OFEN
Druck u. Verlag der typogr. lit. art. Anstalt von
L. C. Zamarski & C. Dittmarsch.
WIEN 1864.
Zeichen Erklärung
Inner
Leopold
Theresien
Josef
Franz
Stadt.
Oeffentliche Gebäude
DONAU
OFEN
FESTUNG
CHRISTINEN STADT
TABAN
LANDSTRASSE
St. Gerhard oder Bloksberg
Sonnen oder Spiessberg
General - Wiesen
Bahnhof der südöstlichen Staats Eisen B.
Privat Gründe
Project. Platz
Botanischer Garten
Städtische Gründe
Neu Gebäude
Margarethen Insel
Kl. Ofner Insel

ung. Uj-Telep; Christinenstadt, ung. Kristina-Város; und endlich Taban oder Raizenstadt, ungar. Rácz-Város.

Die Innerestadt, auch Oberstadt genannt, umschliesst die Festung, deren Wälle in Promenaden und schöne Gartenanlagen umgewandelt sind, und zeichnet sich durch die Reinlichkeit und Regelmässigkeit ihrer Strassen, sowie gewissermassen durch die Schönheit vieler Gebäude vor dem übrigen Theil der Stadt aus.

Vier Thore, das Wiener-, Stuhlweissenburger-, Wasser- und Burgthor führen in das Innere.

Die bedeutendsten Plätze sind: der Georgs-, Parade- und Marktplatz. Letzteren ziert die Dreifaltigkeitssäule, welche 60′ hoch ist, und fünf Jahre später zur Erinnerung an die im Jahre 1710 stattgehabte Verheerung der Pest errichtet und vollendet wurde. In der Schlosspfarrkirche zum heil. Sigmund wird die noch nicht verweste Hand des heil. Stefan, des Landespatrons, als verehrte Reliquie aufbewahrt, die an dessen Namenstag in feierlicher Procession mit allem Pomp der katholischen Kirche durch Stadt und Vorstädte getragen wird. Seit dem Jahre 1790 wurden auch in derselben Kirche die Reichskleinodien, Krone, Scepter, Reichsapfel Schwert, Mantel, Handschuhe, Schuhe und Sandalen, aufbewahrt, die seit der Revolution von 1849 nach Wien gebracht wurden, nachdem die entwendete Krone u. s. w. im Jahre 1855 bei Orsova wieder aufgefunden wurde, an der Stelle, die jetzt durch eine erbaute Capelle der Vergessenheit entrissen wird.

Die königliche Burg, während der Türkenkriege ein Raub der Zerstörung, wurde unter der Regierung Kaiser Carl VI. begonnen und von Maria Theresia vollendet.

Von der 94° langen Fronte und den beiden Seitenflügeln wird der Burgplatz eingeschlossen, und links vom Schloss befindet sich das gusseiserne Monument, welches Kaiser Franz Josef I. dem Andenken des 1849 gefallenen General Hentze und der 418 Krieger, welche sein Schicksal theilten und deren Namen ebenfalls auf dem Monument verzeichnet sind, errichten liess.

Von schönen Gartenanlagen ist die Burg auf drei Seiten umgeben und von vielen Standpuncten ist die Aussicht auf das Donauthal, auf Pest und Ofen, eine herrliche.

Eine Blutfahne aus den Zeiten der Kreuzfahrer, wird nebst vielen andern Sehenswürdigkeiten aus dem Mittelalter, im Zeughause aufbewahrt.

Die Wasserstadt war unter der Herrschaft des Halbmondes eine Festung für sich und hiess die Judenstadt. Der Türken Hauptmoschee Grundmauern tragen jetzt die Kirche der Elisabethinerinnen, und diese Vorstadt sowohl, wie die Landstrasse, das Neustift und die Christinenstadt bieten nichts Bemerkenswerthes dar.

Die Vorstadt Raizenstadt war ursprünglich nur von im 15. Jahrhundert nach Ungarn eingewanderten Raizen oder Illyriern bewohnt. Sie ist der Sitz eines griechischen Bischofs und wurde fast gänzlich im Jahre 1810 von einer grossen Feuersbrunst eingeäschert.

Unter den reichen Gaben, welche die gütige Vorsehung verschwenderisch über die alte Stadt Buda ausschüttete, nehmen den ersten Platz ihre heissen Quellen ein, denn sie sind nicht allein ein Born, aus dem sie Erwerb und Wohlhabenheit schöpft, sondern sie sind auch segenbringend für Leidende, welche massenhaft aus Nah und Fern Gesundheit und Wiederherstellung von vieljährigen Uebeln hier finden.

Schon die Römer kannten diese Thermen und suchten hier Heilung für mancherlei Körperleiden, so wie auch die Türken, denen häufiges Baden durch ihre Religion vorgeschrieben ist, diesen heissen Quellen nur noch mehr Gewicht beilegten.

Im Eingeweide der Ofner Gebirge ist die Wiege der Thermen, welche südlich am Blocksberg und nördlich am sogenannten Josefsberg hervorsprudeln. Die ersteren versehen das Raizen-, das Bruck- und das Blocksbad, die letzteren das Königs- das Lukas- und endlich das Kaiserbad mit heissem Wasser.

Das Raizenbad (Racz-ferdő) liegt unmittelbar am Blocksberg, gehört dem Dr. Heinrich, welcher bisher dem Lukasbad vorstand und noch vorsteht, und unterliegt jetzt einem vollständigen Um- und Ausbau, der dasselbe zu einem stark besuchten machen wird. Ursprünglich soll es von dem Ungarkönig Mathias Corvinus angelegt worden sein, und seine Quelle hat 38 Grad Réaumure Wärme.

Das Blocksbad (Saros-ferdő) hat einen Grad Wärme weniger und ist das unansehnlichste von allen, hingegen hat es den Vorzug, dass seine reichen Quellen einen sehr heilkräftigen Schlamm mit sich führen.

An der steil sich erhebenden Felsenwand des Blocksbades ganz nahe am Donau-Ufer liegt das Bruckbad (Rudas-ferdő), sogenannt von der Nähe der ehemaligen Schiffbrücke, es besitzt einige Quellen von 38 bis 40°, ist von beträchtlichem Umfang mit 99 Wannenbädern, für die man 26—34 und 40 kr. zahlt, und hat schöne Säulengänge, sowie einen grossen Hof nebst heisser Trinkquelle.

Die allgemeinen Bäder, in den ehemaligen Türkenbädern eingerichtet, werden vom Volk und unbemittelten Badegästen beider Geschlechter gemischt stark besucht, und zwar gegen Bezahlung von 3 Kreuzer. Es sind Schwitzbäder, in denen man sich nicht gänzlich entkleidet.

Wenn wir nun unsern Weg der Landstrasse entlang nordwärts nehmen, erreichen wir zuerst das Königsbad (Kiraly-ferdő), dessen Quelle 48° Wärme zeigt. Es ist Privateigenthum und hat nur eine geringe Anzahl Bäder.

Dann kommt das Lukasbad (Lukas-ferdő), dem Aerar gehörend und ebenfalls noch im Aus- und Umbau begriffen, sowie mit einer Trinkquelle versehen.

Das letzte und grösste ist am äussersten Ende Ofens gelegen, das Kaiserbad (Császár-ferdő), welches 104 Bäder, 193 Zimmer die von 15 bis 50 fl. monatlich kosten, herrliche Schwimmschulen für beide Geschlechter, und ein Türkenbad, das allgemeine Volksbad, wo aber 3—5 kr. zu erlegen sind, einen geräumigen

Cursaal und Hof, von Säulengängen, eingefasst, besitzt. Drei Aerzte wohnen hier und ertheilen Rath den hilfesuchenden und meistens findenden Kranken.

Dieses schöne Bad gehörte ehemals der Familie Marzibanyi, welche es im Jahre 1800 den Barmherzigen Brüdern zum Geschenk machte, unter der einzigen Bedingung, dass ein Badezimmer für die Familie stets bestimmt bleibe. — Die Barmherzigen Brüder, deren Kloster ebenfalls auf der Landstrasse liegt, sorgen selbst für Küche und Wein; täglich spielt im Hofe eine tüchtige Musikbande, und jeden Mittwoch werden Bälle im Cursaale und dem zum Ballsaal umgewandelten Hofe abgehalten.

Sieben Quellen, deren grösster Wärmegrad 51 ist, und 2 kühle, füllen die zahlreichen Bäder und betreiben eine Mühle von sieben Gängen, ebenfalls dem Kloster gehörend. Die hiezu gehörige Trinkquelle zeigt 48° Wärme.

Die Margaretheninsel, dem Kaiserbad gegenüber liegend, wird von hier aus zahlreich und oft besucht, und bietet den Badegästen Gelegenheit zu kurzen Wasserfahrten und anmuthigen Spaziergängen in ihrem lieblichen Park. — Zahlreiche Omnibuse, so wie die alle halbe Stunde ankommenden und abgehenden Dampfboote der Donau-Dampfschifffahrt-Gesellschaft bringen und entführen die Gäste der schwefelhaltigen Heilquellen.

Das Mausoleum eines türkischen Heiligen, des Schamihs Gil Baba, zu deutsch »des Rosenvaters« — liegt auf Hügelsrücken hinter Ofen nach Norden hin.

Mehr denn 200 Jahre sind entschwunden, seitdem ein moschee-ähnlicher runder Bau sich über die Gebeine des türkischen Heiligen wölbt, und noch wallfahrten von Zeit zu Zeit Derwische zur Grabstätte, um dort ihre Andacht zu verrichten.

Ofens rothe Weine, deren edlere Sorten »Adelsberger und Türkenblut« heissen, sind weit im Auslande wohlbekannt und beliebt, und es werden jährlich oft an 300.000 Eimer davon gekeltert.

Die auf dem Blocksberg liegende Sternwarte, 36° 42′ 45″ östlicher Länge, und 47° 29′ 12″ nördlicher Breite liegend, gehört der Pester Universität, mit ihren ausgezeichneten Instrumenten vom Rauchenbach und Frauenhofer, in einem Saale 45′ lang und 25′ breit.

Von der Kettenbrücke aus führt ein schöner breiter Tunnel 184 Klafter lang unter dem Schlossberg an dem Sommertheater vorbei, und erleichtert den Verkehr zwischen Pest und den hinter dem Berge liegenden Vorstädten und Landwohnungen.

Die Umgebungen Ofens sind sehr freundlich und einladend. Viele Bewohner Pests beeilen sich während der Sommermonate ihren Aufenthalt in den Umgebungen Ofens zu nehmen, um der glühenden Sonnenhitze in der Pester Stadt und Ebene zu entfliehen.

Unternehmen wir auch einen kurzen Ausflug in die Ofner Gebirge, in welche ein guterhaltener Fahrweg führt. Zwischen anmuthig gelegenen Weinhügeln und Waldungen geht es zuerst sanft, dann immer steiler aufwärts. Dem Fahrweg entlang schlängeln sich, bald an waldigen Höhen, bald an steilen Felsengruppen, schattige Fusspfade hin, auf denen Fussgänger oder Reiter auf kleinen aber sicher und schnell trabenden Eseln die Gipfel des Schwabenberges, des Auwinkels, des Blocksberges, des Johannesberges, eines der höchsten Puncte des Ofner Gebirges, des Fasans und des Saukopfes erklimmen. Uns hat am meisten das liebliche Paulinenthal zwischen dem Johannes- und Lindenberg angesprochen, von wo wir auf einem Seitenweg durch den wildromantischen Maxengraben nach der Franzenshöhe uns wanden. Ueberall findet man Spaziergänger.

Die Pfade sind in geringen Entfernungen mit Bänken zum Ausruhen für Ermüdete versehen. Auf diesen oder im Grase gelagert, finden wir Zigeuner die, so oft Spaziergänger in ihren Gesichtskreis treten, dieselben mit Geigen-, oder Trompeten- und Guitarrentönen empfangen und für ihre musikalische Mühe einen geringen Lohn beanspruchen.

Auf den genannten Berghöhen bieten Gasthäuser Labung dem Dürstenden und Hungrigen, ausser dem weiten Blick in die wahrhaft malerische Gegend.

Weithin können wir nach Nord und Süd, namentlich vom Johannes- und Blocksberg aus, dem Lauf der Donau folgen, reizende Ansichten bilden Ofen, die Kettenbrücke, die Margaretheninsel, die Festung, Pest, auf der einen Seite; und reiche Saatenfelder, Hügel, Berge und Thäler auf der andern.

Auf dem Saukopfe, im Gasthaus gleichen Namens, sind Küche und Keller vorzüglich, sowie ein Brunnen, dessen Embleme ein Saukopf ist, krystallhelles, eiskaltes Wasser spendet.

Bevor wir uns zur Hauptstadt Pest wenden, müssen wir noch eines Etablissements gedenken, welchem unseres Wissens auf dem Continent kein zweites an die Seite gestellt werden kann, es ist die Schiffswerfte der Donau-Dampfschifffahrt-Gesellschaft in Altofen. — Auf dem kleinen Local-Dampfboot, welches stündlich zwischen Pest und Altofen verkehrt, fahren wir hin zu der industriellen Insel, auf welcher das grosse Schifffahrts-Unternehmen seine Werkstätten aufgerichtet hat. Es werden hier nicht nur alle Schiffe der Donau-Dampfschifffahrt-Gesellschaft reparirt, sondern auch alle Maschinen, Schiffe, Anker, Ketten, Seile etc. neu angefertigt. Bei der enormen Ausdehnung dieser Schifffahrts-Unternehmung kann man sich leicht denken, dass die Schiffswerfte ein riesenhaftes Etablissement sein muss und es ist daher jedem Freund industrieller Anlagen ganz besonders anzurathen, die Schiffswerfte in Alt-Ofen sich anzusehen. Die unzähligen Rauchfänge und die dröhnenden Schläge der Dampfhämmer verkünden weithin die Rührigkeit der Essen, die Dampfsäge und Schiffstau-Maschinen dürften kaum in ähnlicher Vollendung auf dem Continent gefunden werden und die unzähligen sonstigen Handwerker, welche wir an allen erdenklichen Arbeiten der Schiffswerfte beschäftigt sehen, beweisen, dass man hier ein kolossales Etablissement vor sich hat. Nahe an 2000 Menschen beschäftigen sich das ganze Jahr hindurch mit Schiff- und Maschinenbau und bilden sozusagen, die Hauptbewohnerschaft Alt-Ofens.

Pest, die Hauptstadt des Pest-Piliser Comitates, königliche Frei- und Hauptstadt des Königreiches Ungarn, liegt wie bereits angeführt, am linken Donauufer, hat 3 Stunden im Umfang, und eine Bevölkerung von 180.000 Einwohnern. Sie wird in die innere Stadt, die Leopold-, Theresien-, Josef- und Franzensstadt eingetheilt, unter denen die Leopoldstadt, durch schöne prachtvolle Gebäude hervorragend, längs der obern Donau erbaut ist, während die Franzstadt die untere, nach Süden hin, berührt.

Wenn Ofen an Ungarns glänzende Vergangenheit erinnert, so vergegenwärtigt Pest die zunehmende Wohlfahrt und Ausbeute der unerschöpflichen Hilfsquellen Ungarns. — Die wahrhaft glänzende Stadt breitet ihr Häusermeer im Halbkreis um die Fronte der Prachtgebäude aus, welche sich mit ihren hervorragenden gleichmässigen Façaden am Donauquai hinzieht. — An 200 breite lange Strassen durchschneiden in geraden Linien die Stadt und theilen sie fast überall in regelmässige Vierecke.

Unter den vielen Plätzen, welche Pest aufzuweisen hat, erwähnen wir nur den Elisabethplatz mit dem deutschen Theater und schönen Anlagen; den Franziskaner-Platz mit Anlagen; den Josefsplatz, auf welchem die

Statue des Palatins Erzherzog Josef errichtet werden soll, deren Piedestal aber erst fertig geworden ist; den Theaterplatz mit dem ungarischen Theater; den Neumarkt-Platz, 100° breit und 95° lang; und endlich den Rathhausplatz, welcher ein regelmässiges Viereck bildet und auf welchem die Wochenmärkte abgehalten werden.

Für den Fremden ist es vorzugsweise lohnend sich einen solchen Markt anzusehen, da er ein wahres Bild des ungarischen Volkslebens zeigt. — Von Nah und Fern kommen die Bauern in ihren leichten Fuhrwerken stets in gestrecktem Galop fahrend, in Pest an, um für ihre Boden-Erzeugnisse oder ihr Federvieh Käufer zu suchen. Hier tritt zum ersten Mal das kräftige abgehärtete Volk unseren Blicken entgegen und stundenlang betrachten wir uns all die malerischen Gestalten.

Die Waizener-Gasse in der innern, auch Altstadt genannt, ist die am reichsten mit eleganten Gewölben ausgestattete und bildet sozusagen den Bazar Pests.

Die Landstrasse, an deren Ende sich der Bahnhof der k. k. priv. Staats-Eisenbahn befindet, theilt Pest fast in zwei Hälften und ist die längste der Strassen.

Längs der Donau läuft die Donauzeile, die obere und die untere. In der ersteren finden wir den schönen von der Donau-Dampfschifffahrt-Gesellschaft erbauten Quai, welcher fast 10° breit und 200° lang ist, und welcher nunmehr von der Commune weiter gebaut wird.

Pest ist reich an schönen Gebäuden und ist der

Mittelpunct des wissenschaftlichen, künstlerischen und kaufmännischen Lebens im schönen Ungarlande geworden. Wir erwähnen nur die Akademie, das prachtvolle noch im Bau begriffene Redouten-Gebäude, die schöne, erst neu fertiggewordene Dreifaltigkeitssäule en face der Pfarrkirche, — das neue Gebäude der Donau-Dampfschifffahrt-Gesellschaft und viele andere herrliche Neubauten; diese in Verbindung mit dem hier stets herrschenden Gewühle des Handelsverkehrs, des bedeutenden Gewerbefleisses drücken der Donauzeile den Charakter der Grossartigkeit einer Hauptstadt auf.

Auf der Landstrasse, wo die bedeutenden Jahrmärkte, von ganz Ungarn stark besucht, abgehalten werden, in der Richtung nach Süden hin, ist die Synagoge der Israeliten, welche ihren alten Ritus aufgegeben und einen ihrer gegenwärtigen politischen Stellung und den Anforderungen der Zeit entsprechenden eingeführt und adoptirt haben; — dieser Tempel ist dem Innern und Aeussern nach eines Besuches würdig; namentlich zur Zeit des Freitag Abends, beim Beginn des Sabbathes.

Weiter hinaus finden wir das ungarische National-Museum, ein grosses in Garten-Anlagen stehendes Gebäude, mit einem von Säulen getragenen Portale und eleganter breiter Stiege. Links steht von anmuthigem Gesträuch umgeben die Statue des Schriftstellers Franz Kazsinczy (geb. 1759, gest. 1831), rechts die des lyrischen Dichters Damis Berzsenyi (geboren 1776, gestorben 1836).

Das Museum, erst in der jüngsten Neuzeit durch patriotisch gesinnte Männer, denen es eine angenehme Pflicht war, antiquarische und kostbare Gaben, bisher das Eigenthum ihrer altadeligen Familien, auf dem Altar des Vaterlandes darzubringen, gegründet, — enthält jetzt schon reichhaltige Sammlungen von Gemälden, Büchern, römischen und ungarischen Antiquitäten. — Dass Ungarn am stärksten vertreten ist, versteht sich von selbst; eine Thatsache, welche jedoch den Sammlungen einen eigenthümlichen Reiz und grösseres Interesse verleiht, indem das Museum dadurch den Charakter eines nationalen und speciellen empfängt.

Es kann nicht unsere Aufgabe sein, in das einzelne der Beschreibung einer solchen Sammlung einzugehen; denn entweder würden wir etwas sehr Unvollständiges liefern, oder zu weitläufig werden und unsere Leser ermüden, die wir nur durch allgemeine Umrisse unterhalten, sowie auf das Sehenswerthe aufmerksam machen sollen.

Von öffentlichen Gebäuden verdienen noch das Invaliden-Palais, welches einen Umfang von 400°, eine Façade von 100° und vier Höfe hat, das Universitätsgebäude, das grosse Neugebäude, eine Kaserne, das städtische deutsche Theater, welches 4000 Zuschauern Raum gibt, das Handelsstandsgebäude mit dem eleganten National-Casino und dem Merkantil-Casino, endlich das Kranken-, das Comitats- und Rathhaus genannt zu werden.

Kirchen zählt Pest viele; jedoch keine ragt durch

architektonische Schönheit hervor, da keines der Gotteshäuser ein Bau des Mittelalters ist. Die noch im Bau begriffene Leopoldskirche verspricht an Grösse und Schönheit des Styles die andern zu übertreffen.

Das schönste und zugleich kolossalste Bauwerk aber, das Pest aufzuweisen hat, und welches jedem Ankommenden in die Augen fällt, ist die Pest-Ofner Kettenbrücke; sie ist 200 Klafter lang, 7 Klafter breit und schwebt 60 Fuss hoch über dem Spiegel der so stolz dahinströmenden Donau.

Der Engländer Clark leitete den Bau, der von 1839 bis 1849 dauerte und ungefähr 7 Millionen Gulden kostete.

Die Vorarbeiten der Grundsteinlegung in dem reissenden tiefen Strome erforderten viel Anstrengungen und Opfer und man kann sich heute nach jahrelanger Vollendung des Prachtwerkes nicht satt genug sehen an der Kraft der Pfeiler, der Ketten und doch gleichzeitig an der Leichtigkeit, mit welcher sich das Riesenwerk unseren Blicken darbietet. — Wenn man von der Kettenbrücke herab das lebhafte Treiben längs des Quais, das unausgesetzte Kommen und Gehen der Dampfboote, Schiffe und Kähne, die Rührigkeit der Arbeiter bei Ein- und Ausladung der Güter beobachtet, so kann man sich nur schwer von dem lebhaften frischen Bild trennen. Auf uns hat eine Landschaft ohne Wasser stets einen peinlichen Eindruck gemacht, dahingegen hat uns dieses Bid, wo Handel, Schifffahrt, Kunst und geniale

Ideen vereinigt, lebendig vor uns lagen, ein unvergessliches Bild hinterlassen.

Auf der langen Königsstrasse, an deren Endpunct die bürgerliche Schiessstätte, ein vielbesuchter Belustigungsort, und demselben gegenüber das deutsche Sommertheater liegen, gingen wir dann in das Stadtwäldchen, eine hübsche, in der Ebene liegende Gartenanlage. Durch dieselbe zieht sich in anmuthigen Krümmungen eine breite Fahrstrasse, auf beiden Seiten von einem Fusswege mit drei Reihen Bäumen eingefasst. Der sogenannte Teich ist seit 2 Jahren fast gänzlich ausgetrocknet, so wie auch der kleine Schwanenteich, welcher die Pfaueninsel zur Insel machte.

An das Stadtwäldchen stösst das Herminenfeld mit seiner kleinen Kirche.

Das Stadtwäldchen mit seinen Gehölzen und Pfaden, die Pfaueninsel mit ihrem Gasthause sind, ausser den mit Anlagen versehenen öffentlichen Plätzen, die einzigen Spaziergänge Pests, dessen Einwohner fast alle Nationalitäten und Glaubensbekenntnisse des österreichischen Kaiserstaates vertreten, und wesshalb in den respectiven Kirchen die Andacht in ungarischer, deutscher, slavischer, griechischer und walachischer Sprache verrichtet wird.

Unter den Gelehrten-Anstalten erwähnen wir die stark besuchte Universität, mit einem botanischen Garten, einer 60.000 Bände zählenden Bibliothek und Thierarzneischule; die ungarische Akademie; den landwirthschaftlichen Verein; den Pest-Ofner Musikverein; das katholische, das evangelische Gymnasium, die Handelsschule; ohne der vielen andern öffentlichen und Privatschulen zu gedenken.

In dem südöstlich von Pest gelegenen Dorf Ocsa ist eine sehenswerthe Kirche im byzantinischen Style; sowie in dem östlich gelegenen zwei Stunden entfernten Pécsel ein hübsches Schloss mit Bibliothek, viele Bibeln enthaltend. Der dem Baron Orczy gehörende geschmackvoll angelegte Park ist in der unmittelbaren Nähe der Steinbrucker Weingärten, die im Durchschnitt 35.000 Eimer des beliebten Weines erzeugen.

Wir glauben nun, unserer Pflicht, die Besucher Pests auf alles Sehenswerthe aufmerksam gemacht zu haben, nachgekommen zu sein, und bereiten uns nun zur Weiterreise donauabwärts vor.

Es ist Sonntag Abends und wir begeben uns spät an Bord des den nächsten Morgen abfahrenden Eilschiffes, — welches dicht unter dem Gebäude der Donau-Dampfschifffahrt-Gesellschaft vor Anker liegt.

Der Eindruck, den wir beim Eintritt auf das Schiff und in den Verdeckssalon empfinden, ist ein durchwegs höchst angenehmer. — Man sieht auf den ersten Augenblick, dass man sich auf einem Schiff »langer Fahrt« befindet, denn obgleich dasselbe erst den nächsten Morgen seine Anker lichtet, finden wir bereits sehr viele Reisende am Bord, die Schiffsmannschaft ist in voller Thätigkeit Alles zur Abfahrt vorzubereiten, das Personal der

Küche und Vorrathskammer ist vollauf beschäftigt, die Victualien aufzunehmen, — mit einem Wort, die Thätigkeit, welche mit einer seltenen Ruhe herrscht, sowohl als die Reinlichkeit, Eleganz, und Bequemlichkeit, die uns überall entgegentritt, nehmen unwillkürlich jeden Reisenden umsomehr gefangen, als ihn die Schiffsofficiere mit einer höchst wohlthuenden Zuvorkommenheit an Bord des schönen Schiffes empfangen.

Beim Schimmer der Lampen finden wir im hellerleuchteten Salon bereits eine grosse Reisegesellschaft, welche mit grösster Behaglichkeit den Thee nimmt! Auf allen Gesichtern liest man deutlich das Wohlbehagen, welches man heutzutage so selten bei Reisenden findet, sich behaglich und in gewählter Gesellschaft am Anfang einer schönen Reise zu sehen. — Der Oberkellner weist uns ein schneeweisses Bett an und im Vollbewusstsein einer angenehmen Nacht entschlummern wir bald in süssen Träumen.

Es ist Morgens 7 Uhr. — Die Anker sind schon gelichtet und nun noch einen letzten Abschiedsblick auf die beiden Schwesterstädte, die Citadelle, auf den Blocksberg, die Burg, die Bäder, welche ein herrliches Panorama mit dem Ofner Gebirge im Hintergrunde bilden, geworfen, — und wir setzen unsere Fahrt auf dem Donaustrome fort.

Am linken Donauufer, ohne vom Dampfschiffe aus gesehen zu werden, passiren wir den grossen fast 4000 Einwohner zählenden Marktflecken S o r o k s á r, und auf dem andern Ufer Sachsenfeld, ung. Albertfalva mit dem Eugenius-Vorgebirge, so genannt, da Prinz Eugen von Savoyen hier ein Lustschloss erbaute, welches jetzt kaiserliches Eigenthum ist. Das fast nur von Deutschen (ca. 2000) bewohnte Dorf, daher dessen Name, ist anmuthig von Weinbergen umgeben und erfreut das Auge. Von nun an beginnen beide Ufer für eine geraume Zeit fast jedes Reizes baar zu werden, nur hie und da bietet sich noch ein Ruhepunct durch Dörfer, deren Kirchthürme, meist ziemlich entfernt, in die Lüfte ragen.

Auf dem Strome selbst sehen wir die mit üppigem Baumwuchs gezierten Inseln, Flüge vieler Gänse, Pelikane und Fischreiher. — Herden von Schafen und Hornvieh, die am Ufer der Donau lagern oder in deren Fluthen ihren Durst löschen, beleben allein den Strom, der lässig und in vielen Krümmungen seinen Lauf fortsetzt, hie und da eine Sandbank erzeugend, sonst aber durch die Oberfläche seiner Fluth Kunde von endlosen Tiefen gebend. Nach einer kurzen Fahrzeit von Pest zeigt sich uns das malerisch von Weinhügeln umgebene Dorf Tétény mit Schloss und Thiergarten, der Familie des Baron Rudnyanski gehörend, und die Ueberbleibsel einer römischen Heerstrasse und dann der an einen lieblichen Hügel sich anlehnende Marktflecken Erd, auch Hanzabég genannt, in welchem die Grafen Illéshazy ein Schloss besitzen. Spuren der Römerstrasse sind auch hier, und ausserdem findet man einen aus Quadersteinen erbauten Thurm aus der Türkenzeit.

Ebenfalls rechts liegt das grosse Dorf Ercsény auch Ercsi genannt, mit ca. 400 Häusern und 4000 Einwohnern, woselbst grosse Branntwein- und Essigbrauereien und eine Oelfabrik sich befinden.

Es scheint Ercsény eine Landungsstation der Dampfschiffe zu sein, jedoch wir legen nicht an, denn es ist dies die Annehmlichkeit einer Reise auf den Eilschiffen, dass sie nicht an den kleinen Stationen anlegen und dass demnach die in Pest eingestiegene Reisegesellschaft für einige Tage dieselbe bleibt; man lernt sich so näher kennen und bedauert gewöhnlich schon so bald am Ziel seiner Reise zu sein, und von liebgewordenen Reisegefährten sich trennen zu müssen.

An dem unbedeutenden Alsó-Ivantsa vorüber, erblicken wir dann den der gräflich Zichy'schen Familie gehörigen Marktflecken Adony, von 3000 Seelen bewohnt, mit herrlichen Auen, die sich bis Duna-Pentele erstrecken.

Das Schiff passirt nun wenig nennenswerthe Ortschaften; die flachen Ufer sind den Ueberschwemmungen ausgesetzt, und desshalb sind Städte und Dörfer mehr im Innern des Landes angebaut. — Links passiren wir den Marktflecken Szalk Sz. Márton; — etwas landeinwärts liegt der bedeutendere Ort Duna-Vecse mit einer Bevölkerung von 6000 Seelen, fast nur magyarischen Ursprungs; und diesem gegenüber Egyházi-Szállasok, wo die Schifffahrt sehr lebhaft ist. Grosse unbehilfliche Schiffe, die nach der Theiss fahren, um

Getreide zu holen, Holzflösse aus Bayern kommend, stören unsere Fahrt ebensosehr, wie die grosse Anzahl von Wassermühlen, die sich die besten Plätze im Strom gewählt zu haben scheinen. Wir haben wieder eine ganze Legion solcher am rechten Ufer stehenden Fahrzeuge und Mühlen passirt, wenn sich malerisch auf einem Hügel und an dessen Abhängen der grosse Marktflecken Földvár, der 1700 Häuser und 9000 Einwohner zählt, zeigt.

Man fährt ganz nahe am Ufer vorbei, an dem unzählige Frauen hochgeschürzt im Wasser stehen, und waschen. — Die eigenthümliche Art dieser Manipulation fiel uns auf, da wir sie anderwärts nie so gesehen haben. Die Weiber haben einen grossen Pack im Wasser stehen und während sie mit der einen Hand das zu waschende Object halten, schwingen sie lustig und behend mit der andern Hand einen hölzernen Klöpsel, so dass die Wäsche eigentlich geschlagen und nicht gewaschen wird. — Die Wellen unseres Dampfers verscheuchen die Legion Wäscherinnen und nach einer kurzen einstündigen Fahrt sehen wir den freundlich gelegenen Marktfleck Paks mit über 900 Häusern und über 7000 Einwohnern, unter denen viele Juden sind.

Dann folgt Sz. Benedek, mit vielen Wassermühlen nahe am Strande, während die erzbischöfliche, vor den Verwüstungen der türkischen Heerzüge viel bedeutendere Stadt Kalocsa etwas landeinwärts liegt. Die letztere ist der Sitz eines Erzbischofs, und zählt etwas über 6000 Einwohner, die meistens nur Fischfang betreiben.

Wir sind im Herzen von Ungarn, die Donau ist hier in ihrer vollen Kraft; sie hat sich hier auch selbst ihren Lauf geebnet und schlängelt sich in vielen Krümmungen und Umwegen durch die waldige Ebene. Um die Schifffahrt zu erleichtern, wurden hier mehrere Durchstiche angelegt, wovon der Tolnaer Durchstich der bedeutendste ist, er kürzt den Weg um mehr als 1 ½ Stunden ab, ist jedoch die Ursache, dass wir eine ehemals bedeutende Donaustation, welche an einem Nebenarm der Donau liegt, nicht zu Gesicht bekommen. Folna zählt ca. 5000 Einwohner, die fast alle Deutsche sind, und welche sich eines lebhaften Verkehrs befleissigen. Die gräfliche Familie Festetics, welche auch den Namen de Tolna führt, besitzt hier ein schönes Schloss. Das Ufer bei Tolna erreicht eine Höhe von 20° — und seine Lage, baar jedes sonstigen Reizes, erhält einige Abwechslung durch eine Kette von Bergen, welche sich von dem landeinwärts gelegenen Szegszard bis Mohacs hinzieht. Der Szegszarder rothe Wein ist eine der besten ungarischen Weinsorten, und durch dessen Versendungen in's Ausland, welche eine sich gebildet habende Handelsgesellschaft angebahnt hat und welche alljährlich an Bedeutung zunehmen, auf das Rühmlichste bekannt.

Das Dampfboot gleitet auf den Fluthen der Donau durch eine wenig Interesse bietende Gegend. — Kein Haus, keine Hütte, kein Mensch, nicht einmal Vieh-Herden unterbrechen die lautlose Stille; nur hie und da sieht man in den dichten Uferwaldungen durch regelmässige aufgeschichtete Brennholz-Stösse, dass überhaupt ein menschlicher Fuss diese Oede betritt. Endlich verlässt der Fluss diese unzähligen Krümmungen und durch einen gerade eingeschlagenen Weg bietet sich nun auch eine lebhaftere Landschaft dar. — Eine Unzahl von Mühlen lässt die Nähe eines bedeutenden Ortes vermuthen, welches auch durch den Anblick mehrerer Kirchthürme bestätigt wird. — Das Dampfboot nähert sich Baja, einer Stadt mit 1700 Häusern und 15.000 Einwohnern, die beträchtlichen Handel mit Naturproducten treiben.

Baja nimmt nächst Pest einen der hervorragendsten Plätze unter den ungarischen Donauhandelsstädten ein und wird — sobald einmal die Eisenbahn-Verbindung nach dem Innern des Landes vollendet sein wird, wodurch Baja mit Szegedin verbunden werden soll, eine bedeutende Stadt werden. Eine Dampfmühle, mehrere andere industrielle Etablissements, sowie die besuchten Wochenmärkte geben der Stadt das Ansehen eines aufblühenden Emporiums.

Nachdem wir die Auen von Baja hinter uns haben, beginnt die Donaugegend neuerdings auf dem rechten Ufer an Interesse zu gewinnen. Die ermüdende nackte Ebene hört auf und Hügel mit Weinreben bepflanzt, durch malerisch-situirte Städtchen belebt, machen einen sehr freundlichen Eindruck. — Vor uns sehen wir ein gar liebliches Dorf, das in fruchtbaren Gefilden liegende Dorf Bata, dessen 3000 Einwohner Deutsche sind. Hier war ehedem eine Benedictiner-Abtei zur Jungfrau

Maria genannt, die jetzt zwar eine Ruine, doch immer noch einen freundlichen Anblick hervorbringt und deren Nachbarschaft mancherlei Ueberbleibsel aus den Zeiten der römischen Weltherrschaft aufweist.

Gleich unterhalb Bata liegen Szekcsö, mit Schloss und Park und das Dorf Bar. Das rechte Ufer der Donau ist von hier aus gleichmässig erhöht und nach einer kurzen Fahrt erreichen wir den bischöflichen Marktflecken Mohacs, mit 1100 Häusern und 8500 Einwohnern, wo unser Dampfer, nach einer neunstündigen Fahrt anlegt, um Kohlen einzunehmen. Hunderte von Arbeitern, hauptsächlich Frauen mit kurzen Röcken und barfuss, beeilen sich die Nahrung der Dampfmaschine, die Steinkohlen, mittelst Schiebkarren an Bord zu bringen. — Ist das ein reges munteres Treiben! Stets heiter laufen die Arbeitsleute, um so viel wie möglich viele Schiebkarren auf's Schiff zu bringen, wofür sie, je nach der Zahl, ihren Lohn erhalten. — Das ganze Ufer ist voll von grossen Steinkohlen-Vorräthen, denn Mohacs ist der Hafen für das im Innern liegende grosse Steinkohlenbergwerk der Donau-Dampfschifffahrt-Gesellschaft; eine Eisenbahn von 5 Meilen führt nach Fünfkirchen und in die Gruben. — Mohacs liegt in einiger Entfernung vom Ufer und man sieht nur seine vier Kirchthürme und die Giebel der Häuser.

Der im Orte befindliche Palast gehört dem Bischof von Fünfkirchen, und in diesem Palaste finden wir noch zwei grosse alte Gemälde, an denen jedoch der

Zahn der Zeit schon genagt, — welche die beiden Schlachten, von denen die erste 1526 so unheilbringend, und die andere 1687 desto segensreicher in ihren Folgen waren, — darstellen; sowie das Ebenbild des im Kampfe mit den Türken gefallenen 20jährigen Lönigs Ludwig II.

Die Einwohner betreiben bedeutenden Handel mit den Erzeugnissen des Landes, und die im Orte abgehaltenen Schweinemärkte sind nebst denen von Baja die bedeutendsten im Ungarlande.

Ehe wir nun unsere Fahrt auf der Donau fortsetzen, werden wir einen kurzen Ausflug nach Fünfkirchen und in dessen interessante Nachbarschaft unternehmen. Die Eisenbahn von Mohács nach Fünfkirchen und den bedeutenden Kohlenwerken wurde von der Donau-Dampfschifffahrt-Gesellschaft erbaut und im Jahr 1858 eröffnet. Das Locomotiv führt uns durch ein fruchtbares Thal. Herrliche Saatfelder liegen rechts und links, hier an Mohács vorbei, während der malerische Hintergrund mit Weinreben bepflanzte Höhen bildet, die von einem runden Gipfel überragt werden.

Wir halten an in Harsány und Villány, letzteres namentlich wegen seines vorzüglichen Weines weit und breit berühmt, und gelangen nach der Station Uszög, von wo aus die Bahn in das Kohlenbergwerk, und Omnibuse in die Stadt Fünfkirchen (ung. Pécs) führen, welche bei 16.000 Einwohner hat.

Diese treiben Wein-, Getreide- und Tabaksbau, und beträchtlichen Handel mit Landeserzeugnissen. Der Gewerbfleiss wird durch Gerbereien, Wollzeug-, Papier-, Zuckerfabriken und eine grosse Dampfmühle vertreten.

Fünfkirchen ist die Hauptstadt des Comitates Baranya, hat zwar etwas enge Strassen, ist auch bergig, macht jedoch einen sehr freundlichen Eindruck auf den Besucher.

Seine herrliche Domkirche, von der bischöflichen Wohnung begrenzt, auf einem Hügel, der eine schöne Aussicht in das Thal beherrscht, hat 4 Thürme und eine Façade, geziert mit 12 Säulen, deren jede eine 14° hohe Statue der 12 Apostel trägt.

Am unmittelbaren Fusse des mit Anlagen geschmückten Hügels liegt die Kirche eines Nonnenklosters, und zu dessen Rechte die Franziskanerkirche.

Der aufsteigende Marktplatz wird von der Pfarrkirche gekrönt, die in ihrem Bau verräth, dass sie früher eine türkische Moschee gewesen, der nur die Minarets fehlen.

Ein sehr schönes Gebäude ist das ehemalige um 1831 erbaute Paulinenkloster, dessen Räume jetzt als Lyceum benützt werden. — Neben der Normalschule finden wir die bischöfliche Bibliothek, welche besonders reich an alten, für Ungarns Geschichtsforscher wichtigen Manuscripten ist.

Fünfkirchen selbst erzeugt in seiner Umgebung jährlich 300,000 Eimer weissen Wein. Eine Viertelstunde entfernt liegt St. Miklos, dem Domcapitel gehörend, wo vortrefflicher Wein wächst; eine Stunde davon das Weingebirg Silvas, Eigenthum des Seminars.

Auf der Strasse, welche nach Szigeth führt, finden wir noch ein wohlerhaltenes Minaret, das letzte Ueberbleibsel einer Moschee, an das sich ein Gebäude, das Bürger-Hospital, lehnt.

Drei und eine halbe Stunde von Fünfkirchen entfernt liegt die ehemalige Festung Szigeth oder Szigethvár, ein Marktflecken im Comitate Somogy oder Sümegh, mit einer Bevölkerung von 5000 Seelen, meistens handeltreibende Juden.

Festungswerke und Sümpfe, die es fast uneinnehmbar machten, sind verschwunden; letztere sind ausgetrocknet und in schöne Wiesen verwandelt, die nebst dem letzten Ueberreste der Festung, einem ziemlich grossen Hause, nur von Domestiken bewohnt, der gräfl. Familie Szinczy gehören. Auf der Stelle, wo der tapfere Zrinyi, durch Körner's Trauerspiel verherrlicht, im Jahre 1566 fiel, wurde nach der Wieder-Einnahme im Jahre 1689 eine Capelle erbaut, die noch vorhanden ist.

Wir kehren nach Fünfkirchen zurück, um uns in die Kohlenbergwerke zu begeben. Ein lohnender Ausflug!

Unter Bergwerk versteht man gewöhnlich einen öden düstern in Wäldern gelegenen Ort, wo menschliche Betriebsamkeit ihr unterirdisches Tagewerk durch russige schmutzige Gestalten betreiben lässt, die das Material zu Tage fördern, um durch des Feuers Gluthen gereinigt und geschmolzen zu werden. — Tiefe Schachten, felsiges Gestein, waldbewachsene Höhen, rauschende Giessbäche, Feueressen mit dichten Rauchwolken, Stollen, die in das Eingeweide der Erde führen; das unheimliche Treiben eines Berufes, der reich an Gefahren ist, kaum ein kleines Gärtchen, das die Wohnung eines Beamten umgibt, — glaubt der Besucher dort zu finden. Umsomehr wird und muss es ihn überraschen, wenn sein Weg ihn zu diesem Kohlenbergwerk, an lieblich gelegenen Weinbergen vorbei, auf eine Anhöhe führt, die gänzlich auf einer Seite mit malerischen Weinhügeln, über die sich üppig grünende Waldungen erheben, begrenzt ist; während auf der andern Seite fruchtbare Gefilde dem Auge sich zeigen.

So ist die reizende Lage des Kohlenbergwerkes, das kaum betrieben, im Jahre 1852 von der Donau-Dampfschifffahrt-Gesellschaft angekauft und seitdem in grosser Ausdehnung angebaut wurde.

Sechs Schachte, deren grösster Andreas heisst, und aus dessen Tiefe von 64 Klafter, zwei Dampfmaschinen die Kohlen in 6 Minuten zu Tage fördern, sind im Betriebe. 7 Dampfmaschinen, 12 Coaks-Oefen, 3 Dampfkessel, eine Wasserleitung, 1200 Klafter lang, zahlreiche Werkstätten nebst den bereits erwähnten 6 Schachten, geben 950 Arbeitern Beschäftigung und Brot in diesem, 39 Klafter höher als die Station Uszög gelegenen, industriellen Unternehmen. Die Donau - Dampfschifffahrt-Gesellschaft hat für die Bergleute Wohnungen erbaut und eine Colonie angelegt. Die Gesammtbevölkerung besteht bereits aus 1200 Seelen, die eine Kirche und eine Schule, von 140 Kindern besucht, mit schöner Lage, besitzen.

In 64 reinlichen Wohnhäusern sind die Arbeiter nebst ihren Familien untergebracht. Jedes Haus hat 4 Zimmer und 2 Küchen, in die sich 4 Familien, deren jede ein kleines Gärtchen benützt, theilen, und zu deren Bequemlichkeit und Erholung ein eigenes Gasthaus mit einer kleinen Parkanlage von der Gesellschaft errichtet ist.

Eine eigene Wasserleitung führt dieser Colonie das nöthige Trinkwasser aus ziemlicher Ferne zu, so dass also auch in dieser Beziehung alle Fürsorge getroffen ist.

Bereits an 4 Millionen Centner Kohlen werden jährlich im Durchschnitt gewonnen, die aber fast auf das doppelte Quantum gebracht werden sollen, sobald sämmtliche Schachte im Betriebe sind. Der mächtige Einfluss billiger Steinkohlen auf die Hebung der Industrie und Volkswirthschaft ist allbekannt, — und so wird Fünfkirchen's Kohlen-Reichthum sehr bald eine wichtige Rolle in dem Aufschwung Ungarns spielen. — Die Fünfkirchner Steinkohle, welche bei ihrem ersten Erscheinen in der Industrie so mannigfache Gegner fand, hat sich doch durch ihre enorme Heizkraft rasch vollständig Bahn gebrochen. — Während die Donau-Dampfschifffahrt-Gesellschaft beinahe ihren ganzen Bedarf von 4 Millionen Ctr. (200.000 Tons) aus diesen Kohlenwerken deckt, ist der Absatz an einzelne industrielle Etablissements in Ungarn im Jahre 1863 bereits auf 700.000 Ctr. (35.000 Tons) gestiegen. — Die Fünfkirchner Kohle kostet auf dem Werke selbst nur 15 Neukreuzer, an der Donau in Mohács 33 Neukreuzer per Zollcentner und ist demnach sicherlich berufen, ein wichtiger Factor in dem industriellen Leben Ungarns zu werden, ganz abgesehen davon, dass die aus Fünfkirchner Kohlen gewonnenen Coaks von vorzüglicher Qualität sind und demnach der steyerischen Eisen-Industrie von wesentlichem Nutzen sein werden, sobald einmal die Eisenbahn von Fünfkirchen nach Süden bei Kanizsa verlängert ist, wozu alle Hoffnung vorhanden ist.

Wir verlassen diese Colonie nicht ohne wahrhafte Befriedigung. — Das Entstehen neuer Ortschaften, neuer Erwerbszweige, das sichtliche Gedeihen grossartiger Unternehmungen und zu alldem die freundliche Lage des Ganzen machte einen äusserst angenehmen Eindruck auf uns.

Wir kehren nach Mohács zurück, um unsere Reise donauabwärts fortzusetzen. In einer ziemlichen Entfernung unterhalb Mohács ergiesst sich die Karancza in die Donau, ein Flüsschen das sich durch Niederungen windet, die bis zum Jahre 1811 sehr sumpfreich waren und damals durch den erbauten Albrechtscanal ausgetrocknet wurden.

An seiner Mündung am Fusse eines Hügels, mit Weinbergen in seiner Nachbarschaft, finden wir das Dorf Batina mit nahegelegenen Schlossruinen, wo römische und türkische Münzen gefunden werden, sowie Brüche schönen Alabasters.

Der Marktflecken Bezdán liegt am linken Ufer, die kleine Ortschaft Vörösmart am rechten, und das grosse

Dorf Monostorszeg, über 600 Häuser und 4000 Einwohner enthaltend, am linken Ufer. — Hier beginnt der Bacser oder Franzenscanal, welcher die Donau mit der Theiss bei Földvár verbindet, wodurch dem Handel und Ackerbau grosse Vortheile erzielt werden, da eine Strecke in 2—3 Tagen zurückgelegt wird, die früher eben soviele Wochen benöthigte.

Wir gelangen hierauf nach dem beträchtlichen Marktflecken Apathin, mit 900 Häusern und 7000 Einwohnern, meistens Deutsche, die Industrie, Ackerbau und Handel im grossen Massstab betreiben. In der Umgegend von Apathin wird der rühmlichst bekannte ungarische Hanf in grossen Quantitäten gepflanzt, welcher nicht nur in Oesterreich, sondern auch weit über dessen Grenzen hinaus zur Seil-Erzeugung in den Handel gebracht wird. Ein grosser Erdwall »Römerschanze« genannt, läuft von hier bis Gospodnize an die Theiss. Er ist 12' hoch und 18' breit, und man ist nicht darüber einig, ob derselbe von den Römern oder Avaren, trotz seines Namens, angelegt wurde.

Das rechte Ufer, zu Slavonien gehörend, zieht nun wieder unsere ganze Aufmerksamkeit auf sich. Nachdem sich die Moravicza und die Drava oder Drau bei Draueck, von wo aus ein Localdampfschiff die Verbindung nach Essegg unterhält, in die Donau ergossen haben, die im geregelten Lauf, ohne sich in Arme zu zersplittern, majestätisch dahinfliesst, zeigt das rechte Ufer in reicher Abwechslung anmuthige Landschaften, die um so malerischer werden, je mehr die Umrisse der Syrmier Gebirge hervortreten, ohne dass das linke Ufer den Charakter der Flachheit und Schmucklosigkeit verliert.

Ein schattiger Wald schöner Fruchtbäume hinter dem Dorfe Bieloborde an der Drava; die Thürme der aus der Römerzeit stammenden Stadt und Festung Essegg, und links Maria Almas mit seinen vorzüglichen Wein hervorbringenden Gärten; die Ruinen der Burg Erdöd auf dem Hügel einer Halbinsel liegend, der von den Wohnhäusern gleiches Namens umgeben ist, lassen die Donaugegend wirklich malerisch erscheinen. Dem aufmerksamen Beobachter wird es nicht entgehen, dass wir uns von Essegg angefangen, bereits in einem andern Gebiet befinden, und dass sowohl Land, als Leute und Gebäude wesentlich von dem ungarischen Typus sich unterscheiden. Die Kirchthürme mahnen uns an die nunmehr zahlreich auftretenden Bekenner des nicht unirten griechischen Glaubens, welche hier die grössere Zahl der Bewohner ausmachen. — Das Oertchen Dálya, ein zwischen fruchtbaren Feldern liegender Marktflecken, zählt fast 4000 Einwohner, entflieht rasch unsern Blicken und wir erreichen bald das am steilen Ufer liegende Vukovar, den Endpunct der grossen Ebene.

Vukovar zählt 800 Häuser und mehr als 5700 Einwohner. Dieser Marktflecken, der schönste in Slavonien, treibt bedeutenden Schiffbau und Handel in Landes-Erzeugnissen, Seidenbau, und ist der Hauptort des Syrmier Comitates.

Die grosse Gebirgskette von Fruszka-Gora, nimmt nun ihren Anfang und zieht sich längs dem rechten Donau-Ufer hin , durch eine Strecke von 11 Meilen, ostwärts immer höher werdend.

Waldungen alter Eichen wechseln mit herrlichen Weingärten auf dem sich fast 3000' über die Donau erhebenden Gebirge ab.

Auf dem Rücken eines Hügels liegen die Mauerüberreste einer alten Feste, unter denen Sarengrad liegt, ein Marktflecken mit 1200 Einwohnern.

Der Marktflecken Illok, auch Ujlok genannt, mit seiner auf einem steilen Felsen liegenden Feste, umgeben von anmuthigen Weingärten, verdient als eine der schönsten Landschaften Syrmiens genannt zu werden. Die Donau ist eine Viertelmeile breit, und ein grosses Franziskanerkloster wird mit den Ruinen der Burg vom Felsen getragen. — Für den Alterthumsforscher dürfte es nicht uninteressant sein, wenn wir hier erwähnen, dass im Rücken Illoks die Ruinen von drei Festen liegen, die wahrscheinlich römischen Ursprungs sind, da in geringer Entfernung die wenigen Ueberreste eines Dianentempels und einiger Säulen noch vorgefunden werden.

Auf dem rechten Ufer ist dann das anmuthig gelegene kleine Dorf Nesteny mit einer katholischen und einer griechischen Kirche, und Szuszek ein anderes Dorf; diesem gegenüber sehen wir Bogecs, welches guten Wein erzeugt, und wiederum rechts Banostor, dessen Kirche malerisch auf einer Anhöhe liegt, sowie Cserevics mit seinen Weinbergen, eine der besten syrmischen Weinsorten erzeugend, und 2000 Einwohner zählend; dann den Marktflecken Futak mit einem schönen Schloss und 2000 Einwohnern fast nur Deutsche, die vorzüglichen Tabak bauen, gegenüber liegend. Dann erblicken wir längs dem rechten Donauufer den herrlichen Park nebst der schönen Villa von Kamenitz, mit Dorf gleiches Namens, hinter welchem sich ein vom Kaiser Franz Josef I. auf einer Anhöhe in gesunder Lage erbautes Militär-Erziehungshaus erhebt. Park und Villa gehören der Familie Marczibanyi, die deren Besuch Jedermann gestattet. Eine überaus reizende Landschaft bietet sich unsern Blicken dar. Kamenitz liegt inmitten von anmuthigen Weinbergen, hinter denen auf hohen Felsen die Festung Peterwardein liegt, zu ihren Füssen der herrliche Strom; eine Schiffbrücke die nach dem hübschen Neusatz, in weiter fruchtbarer Ebene liegend, führt; — die Donauinsel Kacser mit den Ruinen einer türkischen Festung, während südöstlich die Gebirgskette von Fruszka-Gora den Gesichtskreis begrenzt, bilden eine Landschaft, die wir gewiss mit vollem Recht reizend genannt haben.

Peterwardein ist durch den Sieg des Prinzen Eugen, des tapfern Ritters, unvergesslich in der Geschichte geworden. — Hier schlug der kaiserliche Feldherr den Grossvezier Ali am 5. August 1716 und rächte dadurch den Bruch des Friedens von Karlowitz, welchen er den Türken durch die siegreiche Schlacht von Zenta zwanzig Jahre früher abgenöthigt hatte.

Von der Festung herab geniesst man eines noch weiteren Panoramas, da dasselbe ausser Karlowitz, die untere Festung, die Stadt Peterwardein mit ihren Vorstädten Ludwigsthal und das schön gelegene Rochusthal, so wie den einen grossen Bogen beschreibenden Strom mit zahlreichen Inseln einfasst.

Zwei Wege führen auf die Festung; eine Fahrstrasse die serpentinartig, allmälig hinaufführt; und ein bedeckter Gang mit 269 Stufen. Peterwardein mit seinen zwei Vorstädten zählt bei 500 Häuser mit nicht ganz 5000 Einwohnern, ist eine Festung ersten Ranges und hat eine beträchtliche Garnison.

Der Besuch der Festung ist jetzt Jedem erlaubt, da sich keine politischen Gefangenen mehr dort befinden. Jenseits der Schiffbrücke führt das in anmuthige Parkanlagen verwandelte Glacis, in die Stadt Neusatz, Neoplanta oder Uj-Videk, königliche Freistadt und Districtshauptort der Woiwodschaft Serbien, welches 1848 total abgebrannt, nunmehr fast gänzlich wieder aufgebaut, Sitz des griechisch nicht unirten Bischofs von Bács, sehr freundlich gelegen ist und mit seiner Bevölkerung von 16.000 Einwohnern, die beträchtlichen Handel treibt und sich zu den verschiedenartigsten Confessionen bekennt. Die Wochenmärkte werden aus Nah und Fern von Käufern und Verkäufern besucht.

Ein dem früher besprochenen ähnlicher römischer

Erdwall (siehe Apatin) läuft von hier nordöstlich bis Becse an der Theiss. — Die häufig vorgefundenen römischen Alterthümer rechtfertigen seinen Namen Römerschanze. Schiffsschnäbel, Anker und Werkzeuge verschiedener Art lassen vermuthen, dass die Römer hier eine Schiffswerfte hatten.

Die Länge des Walles beträgt 13.000° und das Gebiet, welches er durchläuft, führt jetzt den Namen Tschaikisten-District, der das reizende Panorama von der Festung aus gesehen, begrenzt.

Nachdem der Strom die sogenannte lange Insel (5000 Schritte) gebildet hat, fahren wir an den am linken Ufer liegenden kleinen Dörfern Felsö und Alsokovil vorüber und erblicken dann Karlowitz, denselben fast gegenüber, mit der vergoldeten Kuppel seines Domes.

Karlowitz ist der Sitz des serb. griechisch nichtunirten Patriarchen, und hat gleichzeitig ein von der jungen serbischen Geistlichkeit stark besuchtes Seminar; die Stadt hat mehr als 5000 Einwohner, und erzeugt den vorzüglichen und sehr starken Karlowitzer Ausbruch- und Wermuth-Wein.

Auf einem Hügel nahe an der Stadt liegt die Capelle Maria-Fried, welche beim Abschluss des Karlowitzer Friedens 1799 mit 5 Thüren erbaut wurde, damit die Gesandten Oesterreichs, Russlands, Englands, Polens und Venedigs zu gleicher Zeit, zur Schlichtung des Streites um den Vorrang, an dem der Gesandte der Türkei keinen Theil nahm, in die Capelle treten konnten.

An der Karlowitzer Strasse, eine halbe Stunde von Peterwardein, liegt der Wallfahrtsort Maria Schnee, erbaut zur Erinnerung an den Sieg, welchen hier der Prinz Eugen 1716 über die Türken erfocht.

In der Nähe von Karlowitz befinden sich recht wohlhabende, von Deutschen, meist der evangelischen Kirche angehörend, bewohnte Dörfer, inmitten zahlreicher anderer Nationalitäten und Kirchen.

Indem wir nun unsere Reise fortsetzen, ist die Fahrt auf der Donau bis nach Semlin ohne besonderes Interesse. Die Donau bildet viele Inseln; die Ufer sind flach und wir erblicken nur wenige Ortschaften, zwischen denen sich die Wachhäuser der Grenzer in vorschriftmässiger Entfernung an einander reihen, und die Landschaft trägt den Stempel der Oede, namentlich das linke Ufer, auf welchem hinter Csertunovcze nur Gardinovicz, und hinter den Dörfern Sztary- und Novi-Szlankamen, die Einmündung der Theiss in die Donau, unsere Aufmerksamkeit auf sich ziehen können.

Szurduk, Sztary-Bellegisch anmuthig gelegen auf hocherhabenem Strand; Novi-Bellegisch, wo schon die serbischen Gebirge in den Gesichtskreis zu treten beginnen; Sztary-Banovcze, liegen sämmtlich am rechten Ufer des Stromes, der nun eine Biegung machend, nach Semlin und dem an der Save-Mündung ihm gegenüberliegenden Belgrad führt.

Semlin, ung. Zimony, serbisch Semun, aus

der eigentlichen Stadt und Vorstadt Franzensthal bestehend, ist eine freie Militär-Communität, hat ungefähr 1100 Häuser und 9000 Einwohner, die früher bedeutenden Speditionshandel trieben. Die Stadt ist still und öde, der Wohlstand sehr im Abnehmen.

Der Zigeunerberg, so genannt weil er früher nur von Zigeunern bewohnt wurde, ist noch mit den Ruinen einer Feste gekrönt, in welcher 1456 der Türken Schrecken Johann Hunyad seine Helden-Seele aushauchte.

Semlin war früher eine Festung und hat jetzt eine Garnison von nur 2 Compagnien Grenzer. Gasthöfe und Caffeehäuser zeugen von seinem früheren Wohlstand, und nur am Donaustrom bleibt durch die Hauptstation der Donau-Dampfschifffahrt-Gesellschaft einige Rührigkeit.

Wir begeben uns nun an Bord eines kleinen Dampfers, welcher die Verbindung zwischen Semlin, Belgrad und dem am linken Donauufer und an der einmündenden Temes liegenden Pancsova unterhält, nach Belgrad, türkisch Darol Dschihad (Haus des heiligen Krieges), serbisch Bejograd.

Die gemischte Bevölkerung besteht aus 30.000 Bewohnern, meist Serben, Türken, in der Festung, Griechen und Deutschen; die letzteren sind meistens Handwerker. Seitdem Streitigkeiten, welche im Jahr 1862 zwischen dem Fürstenthum Serbien und der hohen Pforte entstanden, hat Belgrad von seiner ehemaligen Betriebsamkeit viel verloren. — Serbien bestand darauf, dass die

BELGRADE.

türkischen Bewohner entweder in die Festung aufgenommen, oder aus Serbien ausgewiesen würden. Die Pforte hat nachgegeben und wies die türkischen Unterthanen aus. — Viele tausende türkische Bewohner Belgrads verliessen nun die Stadt, um sich theils in Oesterreich oder in Bosnien anzusiedeln, oder um nach Bulgarien einzuwandern. — Gleichzeitig mit den Türken verliessen auch die türkischen Israeliten Serbiens Hauptstadt, und es scheint dass der Wohlstand und der Handel der Stadt dadurch eher verloren als gewonnen hat. — Die Stadt, welche in dem von Türken bewohnten Theil, gleich allen Städten des osmanischen Reiches enge, schmutzige, schlechtgepflasterte Strassen hat, ist in den übrigen Theilen ziemlich gut gepflastert, reinlich und mit Ausschluss der meisten Kaufmannsläden, einer europäisch-christlichen Stadt täglich mehr ähnlich werdend.

Sie zerfällt in 4 Theile:

1. Die Festung, deren Werke theilweise vernachlässigt sind, auf einem Felsen ruhend, steht unter dem Befehle eines Pascha von 3 Rossschweifen. — 2. Die Innere und Wasserstadt, zwischen der Donau und der Save, der Sitz des Handels, der serbischen Regierung und des Fürsten, in einem Palaste, der sich in nichts durch architektonische Schönheit auszeichnet. 3. Die Raizenstadt an dem Ufer der Save, und 4. Die Türkenstadt, der Festung zunächst und nunmehr beinahe gänzlich verödet.

Die Sommerwohnung des Fürsten Michael Obrenovich, nebst Park, heisst Dobdschieder und ist eine halbe Stunde von der Stadt entfernt.

Am Marktplatze, dem einzigen geräumigen und regelmässigen öffentlichen Platze Belgrads, steht das neue Gymnasium, ein schönes herrliches Gebäude, dessen sich keine europäische Stadt zu schämen nöthig hätte. Dasselbe liess Capitain Micha Anastasievich, der reichste Mann in ganz Serbien, von armer Herkunft, auf seine Kosten bauen und schenkte es seinem Vaterlande zum Zwecke einer serbischen Gelehrtenschule.

Die serbische Garnison ist 2000 Mann stark und im Gegensatze zur türkischen sehr gut gekleidet.

Belgrad ist auch der Sitz eines griechischen Erzbischofs, der das kirchliche Oberhaupt der serbischen Geistlichkeit ist, — und nur eine neue auf einer Anhöhe erbaute Kirche verdient genannt zu werden.

Eine katholische Capelle befindet sich im Wohngebäude des k. k. österreichischen Consulats, während es den Protestanten, seitens der serbischen Regierung erlaubt wurde, eine öffentliche Capelle zu erbauen.

An Moscheen gibt es 14, von denen eine, Badalochamia genannt, ganz in der Nähe des fürstlichen Palastes liegt.

Der Handel ist beträchtlich in Naturproducten, Salz und Spedition; die Industrie dagegen von keiner Bedeutung, der Wohlstand der Serben aber gross, da unter ihnen Fleiss und Sparsamkeit, im Gegensatz zu den Walachen, heimisch sind. — Die Abgaben sind gering, die Rechtspflege gut, die Achtung vor dem Gesetze gross, die Landstrassen in einem vortrefflichen Zustande und endlich der Ackerbau blühend. Dahingegen ist ein Hauptgrundzug des serbischen Volkscharakters, das Misstrauen zu erwähnen, welches das Land bis jetzt noch viel zu sehr gegen den Fortschritt und die Aufklärung absperrte. Allerdings sind es kaum 3 Jahre her, dass die Dampfschifffahrt in Serbien einen regelmässigen Verkehr hergestellt hat, allein es ist zu hoffen und zu wünschen, dass das Land für den Fremden freiere Institutionen gewähre, damit dasselbe durch frische von aussen einziehende Kräfte verjüngte Ideen in sich aufnehmen kann.

Wir verlassen Belgrad, besteigen in Semlin wieder einen Donaudampfer und wenden noch immer fast ausschliesslich unsere Aufmerksamkeit dem interessanteren rechten Ufer, und zwar zuerst der verlassenen Kirche Wratschur mit ihrer hohen Kuppel und dem umfangreichen rothen Mauerwerk, dann dem Dorfe Visnicza zu.

Dann sehen wir links die Mündung der Temes und in einer Entfernung von einer halben Stunde die Thürme der freien Militär-Communität Pancsova mit 1200 Häusern und 10.000 Einwohnern.

Die Donau hat eine Breite von 4800' und verleugnet auch hier nicht in der Erscheinung der Ufer ihren

Charakter, indem sie einen Arm, Dunavecse, 7 Meilen weit bis O-Palanka, entsendet.

Wir gelangen dann nach der Dörfern Vincsa, Bolecs auf einer Anhöhe, und Grotzko, wo sich der Grotzkobach in die Donau ergiesst, sowie wir sodann die Zinnen und Minarets der türkischen Festung Semendria erblicken, deren Bevölkerung von 8000 Seelen Handel, Fischerei und Schifffahrt treiben, und deren Gewehrfabrikation einen guten Ruf hat.

Die südlich gelegenen Weinberge, der türkische Begräbnissplatz mit seinen Cypressen, die anmuthig gelegene Stadt, die Festung, in Form eines Dreiecks erbaut, von 14 Thürmen umgeben, bilden eine malerische Landschaft, auf der das Auge gerne weilt.

Dann ergiesst sich theilweise die Morava, hier Jessawa genannt, in die Donau, die sich wieder in mehrere Arme, mit denen sie Inseln umgürtet, theilt.

Zwischen Gärten und Weinbergen liegt nun der Ueberrest der Feste Kulich, und das Dorf gleiches Namens, neben welchem die Hauptmündung des Flusses Mórava fast 300' breit ist.

Das Dorf Petka, die Insel Ostrova, 6 Meilen lang, mit vielen Cserdaken, und dem Dorfe desselben Namens, eine Schanze, von Prinz Eugen erbaut, der Pestkirchhof mit seinen Baumgruppen, die Mündung der Mläwa, das Dörflein Kóstolacz, in dessen Nachbarschaft die Ruinen einer grossen Stadt liegen; die Dörfer Klissevacz und Resicza und die auf einem

Felsen liegenden Trümmer des Forts Rama, folgen rasch aufeinander.

Bei dem serbischen Dorfe Rama (vis-à-vis in dessen unmittelbarer Nähe die Ueberreste eines römischen Forts sich noch vorfinden) ergiessen sich der Karasch und die Nera in die Donau.

Zwischen beiden Mündungen liegt der Ort O-Palanka mit Pfahlwerken befestigt.

Eine halbe Stunde vom Ufer entfernt, liegt Uj-Palanka, und wiederum eine Stunde weiter, die freie Militär-Communität Tscher-Templom, deutsch Weisskirchen. — Die Lage ist sehr anmuthig und die Bevölkerung von 6000 Seelen treibt Wein- und Obstbau.

Die Donau-Ufer nehmen nun einen ganz verschiedenen Charakter an.

Das linke Ufer verliert seine Einförmigkeit und wird sowie das rechte, von Felsen, Hügeln und Bergen eingeschlossen — eine wild romantische Einfassung des Stromes, der gleichsam eingekerkert die seine Freiheit beschränkenden Fesseln zornig und wie ein wildes ungezähmtes Ross schnaubend, mit Widerwillen trägt, — braust, sprudelt, schäumt, — bald herrliche Cataracte bildend, bald, wenn von Osten her der Kossava weht, seine Wasser in einem feinen Staubregen weithin in die Ebene schleudert, so oft die Felsen ihm einen kleinen Raum gestatten.

Aus dem Norden kommen die Karpathen und feiern ihre Verbindung mit den Ausläufern eines Zweiges der

Alpenkette, welcher sich nach Osten von Westen her erstreckt, im Bette der Donau.

Unter den vielen Felskuppeln, die in erhabener Doppelreihe, während einer Strecke von 17 Meilen, von den Eingebornen Klissara genannt, die Donauufer unübertreffbar an wildromantischer Schönheit machen, ragt der Alibeg mit seinem riesigen weissen und weithin schimmernden felsigen Gipfel hervor. Adler nisten auf und in den Felsen, und erheben sich in die Wolken mit ihren mächtigen Fittigen, den hier oft herrschenden Stürmen Kossava und Gorniak (Ost- und Westwind) trotzbietend und in ihren Klauen die Beute, oft ein Lieblingsschaf der Hirten, tragend. — Man hört nur das Rauschen des Stromes, hier herrscht ausserdem die Stille der Wildniss, selten von dem wilden Schrei eines Raubvogels unterbrochen.

Das Dampfschiff allein, welches von Gefahren umgeben ein erfahrener Lootse führen muss, gibt hier Zeugniss von der Civilisation Europa's, von der Macht des menschlichen Geistes; — alles Uebrige predigt die Erhabenheit des Schöpfers, der in seinem unerforschlichen Willen diese Felsenmauern gebildet, — diese Fesseln, welche den Lauf eines der mächtigsten Ströme einengen und einzwängen.

O-Palanka liegt hinter uns; der Strom nimmt plötzlich eine südöstliche Richtung, und wir legen bei Baziasch an, — ehemals nur ein kleines griechisches Kloster, jetzt aber an Bedeutung täglich gewinnend, da hier die Staatsbahn mündet und da sich in dessen Nähe das Kohlenbergwerk Oravicza, dessen Kohle vorzüglich ist, befindet.

Das Flüsschen Peth ergiesst sich nun rechts in den Strom; an seiner Mündung sehen wir die Mauerüberreste der serbischen Feste Gradistie, links das Dörflein Macsevich und wiederum rechts Türkisch-Posseschena, so wie Vincze.

Unterhalb dem letzteren nimmt die Insel Moldava, welche von beträchtlichem Umfang ist, ihren Anfang, der am linken Ufer das grosse Dorf Moldava gegenüber liegt. Die Gegend wird hier immer romantischer und man kann nicht müde werden, die prachtvollen Ansichten der sich stets wechselnden Landschaft zu bewundern.

Wir haben die Insel im Rücken und erblicken den 10' hohen Felsen Babakay.

Die Fluthen des Stromes schlagen rauschend gegen ihn an und umgürten schäumend das bizarre Felsengebild. — Der Strom, als sei er ergrimmt ob des durch den Felsen unterbrochenen ruhigen Laufes, dann eingeengt in seinem Bette, am ungarischen Ufer durch die Felsen Tivadusa, und am serbischen durch den Felsen Jocs begrenzt, fast der Hälfte seiner gehabten Breite beraubt, einen engen Gebirgspass bildend, — schlägt riesige Wellen, sprudelt und tost in schäumender Brandung gegen das felsige Ufer.

Hier beginnt die ungarisch-serbische Donauklause;

hier thürmen sich Felsen auf Felsen, ragen ihre Spitzen in die Wolken.

Nun will der Strom die felsigen Fesseln zersprengen und wird gleich einem schwachen Kinde gezwungen, das in der Ebene launenhaft jedes Hindernisses spottete, dem durch die Natur vorgeschriebenen Laufe Folge zu leisten.

Unbegreiflich ist es dem Menschen, wie die Wassermasse des mächtigen Stromes Raum in diesem Engpasse findet, an dessen Beginn links der Thurm Babakály auf einer Felsenspitze (in Gestalt eines Kegels) steht, als sei er durch die Kraft eines antediluvianischen Riesen hinauf geschleudert worden, während rechts auf fast unersteiglichen Felsen, über die sich steile Gebirgsmauern erheben, die neun Thürme der Feste Golubacz (türkisch Gögerdschinlink) dem Auge sich zeigen.

Eine Art kleiner Fliegen, deren Stich höchst schmerzhaft ist und die eine grosse Landplage sind, Golubacz-Fliegen genannt, sollen in den Höhlen dieser Felsen nisten, und überziehen oft in zahlreichen Schwärmen das ganze Land.

Sie ähneln sehr den Mosquitos, und überfallen in Schwärmen, die Atmosphäre verdunkelnd, namentlich in Serbien so wie im Banate die Thiere, in deren weichste Körpertheile sie sich einnisten.

Diese lästigen Fliegenschwärme erscheinen gewöhnlich dreimal im Jahr.

Hinter Golubacz liegt Brnicza, links Lupkova,

dann rechts wiederum **Dobra**, dann eine Ruine und dieser gegenüber **Berszaszka**, worauf wir **Drenkowa** erreichen.

Vor dem Jahr 1836 stand hier nichts als eine einfache **Cserdake**, vor welcher der wachhabende Grenzer in nichts und durch nichts von seiner einförmigen Pflichterfüllung abgezogen wurde. — Seitdem aber hat die Donau-Dampfschifffahrt-Gesellschaft hier eine ihrer Stationen.

Wohnungen, ein Gasthaus sind entstanden, und reges Leben, im Gefolge der Schifffahrt, herrscht nun, da hier die oft gefährliche Thalfahrt beginnt, die Umladung der Güter von grösseren Schiffen auf kleinere, die gleiche Uebersiedlung der Reisenden, wenn der Wasserstand nicht zu niedrig ist, stattfindet, oder wenn nicht Menschen und Waaren in Wagen auf der dem Strom entlang laufenden **Klissura**-Strasse weiter befördert werden müssen.

Bevor wir **Drenkowa** erreichen, passiren wir die erste gefährliche Donau-Passage, die sogenannte **Stenka**, den eigentlichen Beginn der Donau-Katarakten. **Drenkowa** und die Ruinen eines Thurmes liegen hinter uns. Der schöne breite Strom gleicht einem Wild-Bache, wälzt seine eingeengte Fluth schäumend über Felsen, fliesst dann wieder in tiefem gleichmässigen Fahrwasser, bildet Wirbel, Brandungen, und entsendet seine Fluthen stellenweise mit ungezähmter Schnelle dem Thale entlang. Dem Reisenden empfehlen wir hier die vollste

Aufmerksamkeit auf die pittoreske Gegend. Die Donau ist hier in ihrem wahren wilden Element, wenngleich das Dampfboot pfeilschnell aber ruhig die Fluthen hinabeilt. — Die Katarakten Islasz, Tachtalia sind bald erreicht, und die schäumenden Wellen, deren Toben die im Strom liegenden Felsmassen andeuten, beweisen, dass die Schifffahrt hier einen mächtigen Fortschritt erzielt hat. — Nur die kunstgeübte Hand des Piloten vermag den Dampfer geschickt an den unterirdischen Klippen vorüber zu führen und auf diese Weise den Reisenden die grossartigen Werke der Schöpfung in ihrer ganzen Pracht sehen zu lassen.

Ehe er den Greben erreicht, sieht man den Felsen »der Türke« genannt, dann den 200° über den Strom sich erhebenden Berg Treskovacz, — und bricht sich des Stromes Brandung noch gegen das Felsenriff Iszlasz und den schon erwähnten Tachtalia.

Auf beiden Seiten des Stromes ragen in die Wolken Berge von den wunderlichsten Formen; die einen sind jeder Vegetation entblösst, auf anderen zeigt sich hin und wieder ein einsam stehender Baum, und einige sind von grünenden Waldungen bewachsen. Hin und wieder vergönnt der Raum zwischen diesen Gebirgskolossen dem Auge einen Blick in grünende Gefilde.

Der Dampfer gleitet dicht neben dem rechten Ufer, in wunderlichen Formationen die steilen röthlich gefärbten Felsen zeigend, pfeilschnell hinab. — Ein weit in den Strom reichender Felsen verbirgt uns zwar die hinter ihm liegende Gegend, dahingegen sind wir auch ohne viel Zeit zur Ueberlegung zu haben schon an seiner äussersten Spitze angelangt. — Welch' bezaubernder überraschender Anblick! Der Fluss erlangt hier plötzlich eine Breite von nahe an 1000 Klafter, einen wahren See bildend. — Unsere Aufmerksamkeit wird jedoch plötzlich von neuem auf den Strom gelenkt, da unser Dampfboot mitten durch tobende schäumende Wirbel fährt, die uns den Fingerzeig geben, dass hier eine furchtbare Erschütterung der Berge und Felsen in der Vorzeit stattgefunden haben muss, als sich gewaltig die Wassermasse Bahn brach. — Diese Passage heisst der Greben und kann unstreitig eine der schönsten Flussparthien des Continents genannt werden. — Es dürfte kein europäischer Fluss von Dampfbooten befahren werden, welcher so wie die Donau hier, ebenso reizend-pittoreske Ufer-Landschaften bietet, wie der Strom selbst gefahrvolle Passagen hat, die mit so viel Sicherheit und Präcision durchschifft werden.

Wenn man zur See einen Sturm überstanden oder auf einem Fluss gefahrvolle Strecken hinter sich hat, so widmet man der Natur mit um so grösserer Freude seine Aufmerksamkeit. So ist es auch auf der Donau, wenn der Dampfer die sogenannten Katarakte passirt hat und wenn man wahrnimmt, wie ruhig und gelassen nunmehr der Strom seine Wassermassen fliessen lässt. Man vertieft sich in melancholische Träumereien, welche hier durch die grossartige Natur neue Nahrung finden. — Kahle, hohe, röthlich gefärbte Berge auf dem linken Ufer scheinen neidisch auf die grünbelaubten Berge in Serbien zu blicken. — Unerwartet erscheint in einem von hohen Bergen gebildeten Kessel das Dorf Svinicza, und wir bemerken weibliche Gestalten in einem Hemde mit rothen von der Hüfte herabhängenden Fransen, die ein Kindlein in einer Schachtel auf dem Rücken, einen Rocken in der einen Hand tragen und mit der andern den Faden spinnen, während sie rüstig auf der Strasse einherschreiten.

Auf einer von der Natur gebauten Grundmauer eines Felsens, von den Fluthen des Stromes bespült, stehen die Ueberreste dreier Thürme, Trekula genannt. Es ist ein Wachposten, in welchem k. k. österr. Grenztruppen den Grenz- und Zoll-Cordon bewachen. — Gegenüber liegt ein freundliches serbisches Städtchen Milanovacz, an dem wir ziemlich nahe vorüber fahren und passiren gleich darauf die letzte Katarakte der Donau, den s. g. Jutz, bei dessen Durchfahrt eigens angebrachte Warntonnen dem Schiffer die genaue Richtung angeben, in welcher das Boot ohne Gefahr passiren kann.

Rechts am Dorfe Golubinyi, und dem höchsten Berg Serbiens, links an Tiszovicza und Plavissevicza vorüber fliesst die Donau ruhig und in sanfter Strömung weiter. Nichts stört hier die einsame Ruhe, als das Lärmen der Maschine und das Rauschen der Wellen, welche die Räder des Dampfers aufwerfen.

Hier scheint die Donau beinahe keinen Ausgang zu haben. — Ringsum und hauptsächlich vor uns nichts als hohe Gebirge. — Sollte vielleicht jene einzelne Felsenspalte dort vor uns den Durchgang der Donau, dieses mächtigen Stromes bilden? Kaum glaublich und dennoch, je näher wir kommen, desto mehr müssen wir uns mit diesem Gedanken vertraut machen.

Der Engpass Kazan, eine der schönsten wildromantischsten Parthien des Stromgebietes beginnt. Hier beträgt die Tiefe 28° und die Breite der Donau nur 87°.

Die gewaltige Wassermasse fliesst hier gleichsam zusammengepresst, ganz langsam dahin; die Felsen, die senkrecht hoch in die Lüfte ragen, an denen kein Zahn der Zeit nagt, über deren Gipfel die Stürme vieler Jahrhunderte geweht haben und noch wehen, ewig zeugend von der gewaltigen Kraft, die sie geschaffen, üben einen allgewaltigen Eindruck auf uns. — Allein nicht nur wir, sondern alle Reisenden sind von dem erhabenen Schauspiel, das sich ihren Blicken darbietet, erfasst. — Ein tiefes Schweigen hat Alle ergriffen. Hoch oben über den Felsen schweben ruhig riesige Adler, die aufgescheucht durch das Geräusch des Dampfers immer höher und höher kreisen. — Fürwahr ein majestätisches Bild, dessen Schönheit und Grossartigkeit wir nie vergessen werden. Der Berg Sterbecz erhebt sein Haupt 2100'. Der mächtige Strom rauscht in seinem engen Bette, so dass man glaubt von einem Ufer zum andern Steine werfen zu können. — Durch die ungeheure Tiefe furchen mit dumpftönendem Wellenschlag die Räder der Maschine dem Schiffe die Bahn.

Am linken steilen felsigen Ufer zieht die Kunst-Strasse, welche den Namen des Gründers, des Grafen Széchényi, so wie jenen des Erbauers, des Architekten Vásárhelyi (1840) verewigt.

Am entgegengesetzten Ufer finden sich noch die Spuren der Trajansstrasse. In den Felsen sind noch sichtbar die Löcher, worein Balken gesteckt wurden, um so eine Brücke für den Uebergang der römischen Legionen zu bilden.

Der Reisende sieht, staunt und schweigt vor Bewunderung über die Grossartigkeit der wilden Erhabenheit des Engpasses Kazan, die in keinem Lande der alten und neuen Welt übertroffen wird.

In einer freundlichen, von Gebirgen in Gestalt eines Halbmondes umschlossenen Ebene, in deren Hintergrund das Dörfchen Dubova liegt, scheint sich die Natur wieder versöhnt zu haben mit der durch Gewalt durchbrochenen Felsenstrasse.

Unweit davon findet man die Veterani-Höhle, rumänisch Magarca genannt, von wo aus die nur 140° breite Donau mit wenigen Kanonen beherrscht werden kann, und in der sich der österr. General Veterani mit 300 Mann lange gegen die Uebermacht der Türken vertheidigte.

Das Gebirge, welches bei Dubova dem Strom etwas mehr Raum vergönnt hatte, bildet nun neuerdings einen ganz gleichen Engpass, den wir mit derselben Bewunderung zurücklegen, bis wir das anmuthig gelegene Dorf Ogradina auf dem linken Ufer erblicken.

Auf dem rechten Ufer findet der Freund römischer Alterthümer die merkwürdigen Trajanstafeln, zu deren Beschreibung wir uns erlauben die Worte von Grudini (im I. Theil seines Werkes Seite 288 und in der 4. Kupfertafel) anzuführen.

»In einer Länge von mehr als 20' formirt der »Gebirgsfuss eine natürliche Stiege, welche zu einer »Inschrift von sehr grossen Buchstaben führt. Zwei »geflügelte Genien halten eine gerollte Tafel; an jeder »Seite ist ein Delphin angebracht, die beide mit den »Schweifen in ein Dach oder Gewölbe endigen, welches »nach Quadratfeldern verziert, und wo im mittleren »Felde der römische Adler mit ausgebreiteten Flügeln »ausgehauen ist. Unter diesem Dache halten sich oft »die serbischen Fischer der Umgegend auf, und da sie »ihr Feuer darunter haben, so sind alle diese Arbeiten »schwarz, mit Russ bedeckt; die Inschrift selbst ver»dorben und ihre Buchstaben verwischt. Nur die ersten »Zeilen haben sich noch lesbar erhalten.«

Imp. Caesar. Nervae f.
Nerva Trajanus Aug. Ger.
Pon. Max. J. P.
M.

Von grossem Interesse sind auch die Spuren des sogenannten Treppenweges, der sich von Moldova und

Golumbacz am rechten Donauufer über Tachtalia und Poletin bis gegenüber von Ogradina unterhalb der Trajanstafeln erstreckt. Die ungefähr 12 Meilen langen, nur an den felsigen Uferstellen sichtbaren gemeisselten Wege, welche von Tag zu Tag undeutlicher werden, sind nach Grisselini über dem Wasserpass erhaben, einige 5, andere 6 und auch 7 Fuss breit.

Nach den von demselben entzifferten Inschriften wurden sie unter der Regierung des Kaisers Tiberius von den Kriegsvölkern in Mösien, der 4. und 5. Legion, zu Stande gebracht und dienten dazu, bei der heftigen Strömung der Donau mittelst Zugvorrichtung die Schiffe zu leiten.

Das Strombett wird nun breiter; die Donau, nicht mehr eingeengt und durch Felsenriffe im Laufe gehemmt, fliesst ruhig weiter, während in der Ferne die walachischen Gebirge sichtbar sind.

Die Fahrt geht an dem auf dem linken Ufer liegenden Dorf Jeschelnicza vorüber; dann liegt noch rechts Tekia, und wir gelangen nach dem letzten österreich. Orte Alt-Orsova mit 1200 Einwohnern.

Es herrscht hier am Ufer des Stromes reges Leben, und das Auge ruht mit Wohlgefallen auf einer lieblichen Landschaft, zu der das gerade gegenüber liegende hübsche serbische Dorf Tekia mit seiner Kirche und seinen gemüthlichen Wohnhäusern einen angenehmen Beitrag liefert.

Stromabwärts erschaut man den herrlichen Strom,

KOLUMBACZ.

diesseits vom Berge Allion begrenzt, in seiner grössten Breite mit dem in seiner Mitte liegenden Neu-Orsova, der türkischen Festung, deren Thürme, Befestigungswerke, Minarete und Cypressen.

Dampfschiffe kommen und gehen, und der Donau-Dampfschifffahrt-Gesellschaft verdankt Alt-Orsova seinen Handel und seine Bedeutung.

In einer Nische, bedeckt mit einem blechernen Dache, getragen von 2 Säulen, 12 Fuss hoch, steht neben dem Compagnie-Commando ein Kreuz aus Sviniczaer Marmor, $6^1/_2$' hoch auf einem 5' hohen Piedestal, zum Andenken des Kaisers Franz I. errichtet, welcher hier im Jahre 1817 knieend den Segen des entgegenkommenden Priesters erwartete.

In dem südlichen Eckzimmer des Gebäudes der Ersten k. k. priv. Donau-Dampfschifffahrt-Gesellschaft übernachtete im Jahre 1852 Seine Majestät Kaiser Franz Josef I. — Eine Marmorplatte 18" lang, 12" hoch verewigt dies durch die Inschrift:

Franciscus Josephus I.
Imperator Austriae.
Itinere sua perlustrans regna
Hunc terminalem locum
Sua praesentia glorificavit
XV. Calend. Augusti
MDCCCLII.
Est hunc has aedes inhabitans
In hoc cubili somnum coepit.

Auf einer schmalen Erdzunge zwischen der Donau und dem Flusse Czerna, am Flusse des Berges Allion steht die Capelle, welche hier auf dem Fundorte der ungarischen Königskrone und Kroninsignien im Jahre 1853 errichtet wurde.

Eine doppelte Allee von Pyramiden-Pappeln führt zu derselben. Sie bildet ein Achteck im byzantinischen Style und enthält eine Statue der Madonna in Lebensgrösse, so wie eine feingeschliffene Steinplatte mit Abbildung en relief der Insignien und Krone, nebst lateinischer entsprechender Inschrift und endlich eine ewige Lampe von Bronce im gothischen Geschmack.

Sei es nun, dass die Abreise des Reisenden unfreiwillig verzögert werde, oder dass er aus eigenem Antriebe einen Tag oder zwei opfern will, wir unternehmen mit ihm einen lohnenden Abstecher nach den Hercules-Bädern von Mehadia, dem berühmten und so reizend gelegenen Badeort in der banater Militär-Grenze.

Wir verlassen Alt-Orsova auf einer vortrefflichen Heerstrasse in nördlicher Richtung, das Dorf Schupanek, und zu unserer Rechten den Berg Allion passirend. Ein von Bergen eingeschlossenes enges Thal, durch das die Czerna ihr Krystallwasser sendet, durcheilen wir.

Das Czernathal ist wildromantisch, wozu die mit einer lebendigen Hecke umgebenen walachischen Dörfer recht gut passen. — Dunkle Reben mit blauen Trauben, Maisfelder, Pfirsichgärten wechseln mit schroff aufsteigenden gelben Thonbergen ab.

Ueber den Engpass Coramnik geht es vorüber an den Bogentrümmern einer Wasserleitung, durch Thalengen am Waldrande, hin, von dessen Bäumen Schlingpflanzen wie grüne Cascaden herabhängen. Die Natur ist reizend schön, der Himmel so rein und blau, wie im südlichen Italien, ein angenehmer, herrlicher Morgen stimmt uns heiter und glücklich.

Pyramidenartig erhebt sich ein senkrecht, theils von Menschenhänden, theils von der Natur, abgeschnittener Felskoloss, unter welchem sich wieder Ueberreste von Bogen des Aquaeductes befinden.

Hier drängt sich die Strasse gleichsam durch eine Pforte zwischen diesem Felsen, der links einen Bergrand bildet, und einem nach rechts herabgestürzten Felsblock.

Wir gelangen zu dem Dorfe Toplez und dann zu dem Wildbache Lakresticze, über welchen eine Brücke führt. An der Höhe zu unserer Linken, 30 — 40 Schritte von der Strasse entfernt, sehen wir neuerdings kolossale Mauerreste, bestehend aus eilf Bogen, einen Theil der bereits erwähnten Wasserleitung. Dieselben sind ziemlich gut erhalten, 5 — 6 Klafter hoch, von eigenthümlicher Bauart, deren Pfeiler in der Höhe wieder bogenförmig durchbrochen sind.

Dieser Aquaeduct soll in Folge des Belgrader Friedens-Tractates 1739 erbaut worden sein und ist als Fortsetzung des Grabens zu bezeichnen, der 6—8' breit, und 4—6' tief ist und welcher eine Viertelstunde unterhalb der Vereinigung der Bella Reka mit der Czerna quer über die durch eine dichtbelaubte Allee beschattete Strasse läuft.

Ueber eine zierlich gebaute Kettenbrücke, durch einen Kessel, den hohe Berge bilden, gelangen wir zu dem Badeort Mehadia.

Rechts und links zeigen sich die bizarren und malerisch schönen Felshöhen, theils nackt, theils mit schönen Waldungen bewachsen. Das Vorgebirge Strassicz, an dessen Höhe sich der Ort lehnt, liegt nördlich, und man sieht hier noch die Ueberreste des Schlosses Berkanz. (Auch als Trümmer einer ungarischen Krise bezeichnet.)

Da diese Thermen schon den Römern bekannt waren und hier die römische Niederlassung ad Mediam war, so fehlt es nicht an Denkmälern der Vorzeit.

Ueber die hohen Gipfel der Felsen und Berge erhebt sich der 5000′ hohe schwarzgraue Kegel Domoglett. Rechts liegt noch das Dorf Pecsinecska. Der ganze Anblick ist überraschend und überwältigend.

Zwischen den Felsenparthien sieht man mitunter Gebirgsschluchten, die ein Bild grossartiger Wildniss darbieten, aber gerade dieser plötzliche Uebergang von der üppigsten Vegetation, dem regsten Leben zur starren Verödung des Gesteins, dieses jugendlich frische Grün, herausgehoben aus dem Rahmen des Felsgeklüftes, bilden ein wunderschönes mit den kräftigsten Licht- und Schattenstaffirungen prangendes Panorama, und geben der Landschaft eine wilde grossartige Erhabenheit. In dieser Beziehung dürfte das Czernathal kaum von irgend einem wegen seiner romantischen Schönheit vielgepriesenen Schweizerthale übertroffen werden.

Die Quellen von Mehadia zerfallen in zwei Classen:

1.) in alkalisch erdige Salzthermen, die analog sind mit Wiesbaden und Baden-Baden und
2.) in alkalisch muriatische Schwefelthermen, die Aehnlichkeit haben mit Aachen.

Zur ersten Classe gehört nur die Herculesquelle, alle übrigen Quellen gehören in die zweite Classe.

Je näher wir den Thermen kommen, desto fühlbarer wird der Geruch der Hydrotic-Säure (geschwefeltes Wasserstoffgas), welchen diese verbreiten.

Der Quellen sind 24, von denen 9 in einer Stunde 6525 Kubikfuss heisses Wasser von 37 bis 51° liefern.

Die neun Quellen heissen: Josefs-Quelle, Franzens-Quelle, Augenbrunnen, Ferdinands-Quelle, Kaiser-Quelle, Carolinen-Quelle, Ludwigs-Quelle, Carls-Quelle und Hercules-Quelle. Die letztere ist die mächtigste, weil sie mit den Tagesgewässern in Verbindung steht. Mannsdick entquillt sie dem Felsen, so dass sie innerhalb einer Stunde mehr als 5000 Kubikfuss Wasser zu Tage fördert.

Ueber die ausserordentliche Heilkraft dieser Thermen sind alle Stimmen einig, und von Nah und Fern strömen die Leidenden zur Linderung ihrer Qualen herbei.

Der Sommer ist hier sehr warm, jedoch keineswegs drückend heiss, da die Sommerhitze durch die Enge des Thales und durch die ausserordentlich üppige Vegetation der Waldungen gemildert wird.

Unter den genannten neun Quellen ist die Ludwigs-Quelle diejenige, welche das älteste Badegebäude mit Wasser versieht. Der „Franz Josefs-Hof“ ist das eleganteste Badegebäude und wird wahrscheinlich einen Nebenbuhler an architektonischer Schönheit in dem Neugebäude finden, welches einen geräumigen Cursaal und elegante Gewölbe erhalten soll.

Das Kaiser- oder Elisabethbad ist mit einer schönen Terrasse versehen.

Der Josefsbrunnen ist der heisseste, während das am entferntesten liegende Herculesbad, welches ausgebaut werden soll, neben seiner warmen, eine kalte Quelle hat.

Auf dem von den beiden Häuserreihen gebildeten Platz steht ein Brunnen, geziert mit der in Erz gegossenen Statue des Hercules.

Der Badeort hat eine katholische Capelle und eine rumänische Kirche, sowie eine moderne Ruine desselben Bekenntnisses, die wegen Mangelhaftigkeit des Baues unvollendet bleiben dürfte.

Für hübsche Spaziergänge im Thale und dessen nächsten Umgebungen ist mannigfaltig gesorgt; sämmtliche Fahr- und Fusswege sind mit Fleiss angelegt, durch Mauern gegen Bergrutschungen geschützt und reinlich gehalten. Man ersteigt allmälig auf anmuthigen Pfaden, die parkähnlich sich um den ganzen Badeort schlängeln, den links liegenden Berg und gelangt zur Räuberhöhle, von der Natur gebildet, die geräumige Wölbungen enthält und sich so tief in das Innere des Berges erstreckt, dass sie ein wahres Labyrinth bildet.

Noch höher steigend erreichen wir die Schwitzhöhle, fast auf dem Rücken des Berges liegend, welcher heisse Dämpfe aus zwei nicht grossen Oeffnungen derart entströmen, dass ohne denselben ganz nahe zu treten, die Schweissbildung sich einfindet.

Noch höher als diese liegt die ebenfalls geräumige Czoric-Höhe, ein schöner Punct, von welcher aus sich ein prachtvoll neuer Anblick des Thales und der Landschaft darbietet.

Wir kehren in den Badeort zurück, besuchen die Schneller-Höhle und auf lieblichen Wegen allmälig aufsteigend, begeben wir uns auf die Coronini-Höhe, wo ein Schweizerhaus inmitten schöner Anlagen steht, von wo aus man eine herrliche Aussicht in die von uns beschriebene malerische Landschaft geniesst.

Mehadia als Militärbad, wird ausser zahlreichen Badegästen (das Hauptcontingent liefert die Walachei) viel von leidendem Militär besucht, für welches die kaiserliche Regierung wahrhaft väterliche Fürsorge trägt, und es ist zu wünschen, dass fortschreitende Civilisation den Leidenden des westlichen Europa's diese so segenbringenden Heilquellen, diesen herrlichen Aufenthalt, umgeben von den grossartigsten Naturschönheiten, immer mehr bekannt und zugänglich mache.

Wir können nicht nur den Leidenden, sondern auch allen Gesunden nicht dringend genug anempfehlen, die Parthie nach Mehadia zu unternehmen; sie ist unendlich lohnend und um so leichter ausführbar, als man mit einem Wagen von oder nach Orsova nur $2^1/_2$ Fahrstunden benöthigt.

Man kehrt befriedigt nach Orsova zurück, und, nachdem der Reisepass zur Weiterreise in Ordnung gesetzt ist, wozu der Controleur des Dampfers hilfreich und gefällig die Hand bietet, setzt man die Donaureise fort.

Kaum haben wir die letzte österreichische Stadt verlassen, so passiren wir eine Insel in der Donau, auf welcher eine türkische Festung — Neu-Orsova, türkisch Ada-Kale genannt — liegt, in deren Verbindung am rechten Ufer ein kleines türkisches Fort gehört. Sämmtliche Werke sind dem Verfalle nahe, wiewohl eine türkische Besatzung deren Bewachung noch besorgt.

Wir sind noch mit dieser türkischen Festung und ihrer malerischen Lage beschäftigt, als man uns darauf aufmerksam macht, dass wir uns dem sogenannten eisernen Thor nahen. Ein kleines Bangen erfasst uns bei diesem Namen, wiewohl wir aus den Mienen des Capitäns und der Schiffsmannschaft merken, dass bei der Passirung dieser Stromschnelle keine Gefahr obwaltet. Man hat die Passage so viele Jahre hindurch

NOUVEL-ORSOVA.

so gründlich studirt, dass der Lootse mit fester Zuversicht das Steuer führt.

Das eiserne Thor ist früher nur bei sehr hohem Wasserstande befahren worden, allein jetzt passirt man es selbst bei sehr niederem Wasserstand, freilich dann nur mit kleinen Schiffen. Von weitem sieht man schon den Fall des Wassers, gleich einer Linie quer über den Strom gezogen. Wir sind ganz nahe herangekommen und die Strömung treibt das Schiff rasch vorwärts. Jetzt ist das Schiff auf dem Wasserfall und fürwahr, es ist ein ganz eigenthümliches Geräusch der Wellen und des Wasserfalls hörbar.

Die Donau ist hier ein reissender Strom zu nennen, der mit ungezügelter Wuth in seinem 600' engen Bette dahinbraust. Seine Ufer sind hoch, sein Bett durchläuft ein Felsen; sein Lauf ist bis 15' in der Secunde, und sein Fall 16', während die Länge des ganzen eisernen Thores nur etwas über 7000' beträgt.

Je geringer der Wasserstand, desto grösser das Toben. Wenn der Wasserstand ein niedriger ist, so werden so viele Felsenspitzen sichtbar, so reihen sie sich so nahe aneinander, dass es scheint, als müsse es einem kühnen Springer gelingen von einem Ufer zum andern zu gelangen. Wenn der Engpass von Kazan, die Katarakten der Donau, den Stempel der erhabensten, grossartigsten Naturschönheit tragen, so hat hingegen diese kurze Strecke den der überall dräuenden Gefahr und des Schreckens.

Inmitten des Stromes auf felsigem Grund liegt der Rumpf des türkischen Kriegsdampfers Silistria, den die Anstrengungen der Donau-Dampfschifffahrt-Gesellschaft trotz vieler Versuche noch nicht haben flott machen können.

Auf dem serbischen Ufer finden sich noch Spuren eines Kanals vor, der zur Umgehung der Gefahren des eisernen Thores erbaut werden sollte.

Hat man das eiserne Thor hinter sich, so liegt der mächtigste Strom Europa's vor uns, der nun bis zu seiner Mündung in's schwarze Meer Meilen lang, so zu sagen, kein Hinderniss mehr der Schifffahrt bietet. Schiffe bis zu 6' Tiefgang können mit Leichtigkeit bis zum eisernen Thor gelangen, selbst wenn der Wasserstand ein niedriger ist. Gleich unterhalb des eisernen Thores, in der Mitte des Flusses, liegt die Insel Ostrowgol; auf dem linken Ufer Skela-Cladova, auf dem rechten Cladova, mit der türkischen Festung Fet-Islam und wir gelangen dann nach Turn-Severin, früher nur einige elende Hütten, jetzt seitdem die Donau-Dampfschifffahrt-Gesellschaft hier eine Agentie und eine Filial-Schiffswerfte errichtet hat, eine aufblühende Stadt, wohin sich der Handel und Verkehr des $\frac{1}{2}$ Stunde davon entfernten Tschernetz gezogen hat und wohin die walachischen Behörden übersiedelt sind.

Die schönen Tage von Tschernetz sind vorüber, und es geht täglich seinem Verfalle immer mehr entgegen. Turn-Severin dagegen gewinnt von Jahr zu Jahr an Bedeutung und es ist schon heute eine freundlich gelegene Stadt mit 400 Häusern und 3000 Einwohnern, unter denen viele Deutsche sind, die eine katholische und eine protestantische Gemeinde bilden, und ihre Geistlichen aus eigenen Mitteln bezahlen.

Der Severus-Thurm steht inmitten parkähnlicher Anlagen; sein verfallenes Mauerwerk zeugt noch von seiner ehemaligen Grösse. Hier sind auch noch die Spuren von den Grundpfeilern der Trajansbrücke, welche zu Zeiten eines niederen Wasserstandes deutlich zu erkennen sind.

Unser Dampfer versieht sich hier mit Kohlen für seine Reise bis nach Galatz; wir betreten das Ufer für einige Zeit, um uns die Bewohner, das zahlreich versammelte Militär — ganz in französischer Uniform — anzusehen. Es scheint ziemlich strenge hier zu Lande zu sein, wenigstens verbieten uns zwei walachische Krieger mit vorgehaltenem Bajonnet den Ausgang. — Nach einigen Aufklärungen lässt man uns endlich gehen, allein wir müssen aufrichtig gestehen, dass dies uns in keinem Staate, den wir bis jetzt betraten, vorgekommen ist. — Hat man keine Polizei hier zu Lande oder repräsentirt das Militär die Polizei? In beiden Fällen halten wir es doch im Interesse der Civilisation hiervon Erwähnung zu machen, in der Hoffnung, dass man den harmlosen Reisenden nicht den Ausgang verbietet und dass man das Militär an dem Ausgang des Schiffes zurückziehe! —

Im Ganzen ist hier wenig zu sehen, die Bewohner sind ein Gemisch aller Nationen, von welchen die eigentlichen Nachkommen der Römer grösstentheils den französischen Sitten zu huldigen scheinen. — Auch die französische Sprache klingt mehr an das Ohr als die rumänische.

Nachdem wir uns die Schiffswerfte und die Werkstätten angesehen haben, begeben wir uns zurück auf unseren eleganten Dampfer, welcher sich auch nach wenigen Minuten in Bewegung setzt und donau-abwärts fährt.

Welch' ein herrlicher Strom! Wie ruhig fliesst er dahin, wie spiegelglatt ist seine breite majestätische Wasserfläche! — Nur einzelne Zeichen der Fischer, welche durch ausgehöhlte Kürbisse die Stellen ihrer versenkten Angeln angeben, stören die silberne Fahrbahn. Kein Lüftchen regt sich und nur der Luftzug des schnell dahin eilenden Dampfbootes bringt uns einige Kühlung. Wir sind nun schon in wahrhaft südlichem Lande und alle Schönheiten und Annehmlichkeiten der Natur treten uns vor das Auge! — Es ist ein prachtvoller, mondheller Abend und die zahlreiche Reisegesellschaft geht fröhlich auf und nieder auf dem Verdeck. Dem ruhigen Beobachter kann es nicht entgehen, dass alle Passagiere sich in einer recht behaglichen und zufriedenen Stimmung befinden, die höchstens durch den Gedanken getrübt werden kann, dass sich den nächsten Tag schon eine Anzahl der Mitreisenden entfernen und dass man überhaupt das schöne Schiff verlassen muss, auf welchem man sich überaus wohl und behaglich befindet. — Jeden Tag hat uns die Küche mit verschwenderischer Freigebigkeit und unerwarteter Abwechslung der Speisen überrascht und jeder Morgen hat uns das Bedauern fühlen lassen, dass nun schon wieder ein Tag der schönen Reise verschwunden ist, auf die man sich so lange gefreut hat. —

Die Ufer der schönen Donau sind hier so üppig und freundlich, dass man sie gerne unausgesetzt bewundert, die zu beiden Seiten sanft aufsteigenden Hügel sind mit dunklem kräftigen Grün beschattet und die wenigen sich unseren Blicken darbietenden Felder strotzen von fruchtbar gesegneten Aehren. — Wie Schade, dass diese Länder so wenig bevölkert sind; welch' ein Wohlstand könnte hier seine bleibende Stätte finden und welch' ein Raum für Tausende von Auswanderern, die vielleicht vergebens im fernen Amerika ihr Glück zu finden hoffen! — Unter solchen Betrachtungen gelangen wir zuerst zunächst dem Dorfe Verbicza, an der Insel Ostroya vorüber, nach dem Marktflecken Brza-Palanka, einem freundlich gelegenen serbischen Städtchen, das mit seinen rothen Ziegeldächern einen malerischen Anblick gewährt. Wir fahren vorüber an den kleinen serbischen Ortschaften Kossiak und Radnjewatz, die letzten serbischen Marktflecken an der Donau, und erblicken nun den kleinen Fluss Timok, der Serbien von Bulgarien scheidet.

Auf dem Gipfel eines Felsens zeigen sich die Ueberreste einer Burg, so wie an dessen Fuss ein walachisches Dorf, bestehend aus Rohrhütten in Kegelform. Die Ufer werden kahler und öder und die Gegend verliert allmälig an Interesse.

Nachdem wir am linken Ufer, an dem durch die russisch-türkischen Kriege wohlbekannten Dorfe Kalafat angelegt haben, sehen wir nach einer ganz kurzen Wendung die türkische Stadt und Festung Widdin (türkisch Kikadowa) mit 20.000 Einwohnern, wo der Sitz eines Pascha und eines griechischen Bischofs ist.

Zahlreiche Minarets, der türkische Begräbnissplatz nebst seinen Cypressen, die Festungswerke, die Citadelle, sowie das Serail des Pascha von 3 Rossschweifen, sind die Glanzpuncte der Landschaft. — Das Innere der Stadt ist ganz türkisch, d. h. sie enthält enge, schlecht gepflasterte, schmutzige Strassen mit offenen Gewölben und Werkstätten der Handwerker, türkische Kaffeehäuser, klein und baar jeder Reinlichkeit, und enthält also nichts was die geringste Anziehungskraft auf den Fremden ausüben könnte.

Eine grosse Zahl türkischer Verkäufer von Pfeifen, Tabak, Pantoffeln, dann wieder andere von Obst, Süssigkeiten u. s. f. bestürmen die Reisenden zum Ankauf ihrer feilgebotenen Waaren. — Ein türkischer Wachmann mit grossen mit Silber ausgelegten Pistolen und Handschar im Gürtel und einem grossen Stock in der

Hand, versucht umsonst Ordnung zu halten! Es ist ein wildes Durcheinanderschreien, was nur unterbrochen und noch erhöht wird durch das Guarda der Träger, welche Kohlen und Mundvorräthe an Bord tragen. Ein k. k. österreichischer und ein k. russischer Viceconsul haben hier ihr Domicil; wir beneiden beide Herren nicht um ihren Aufenthalt, wiewohl sie sich um die Interessen ihrer hohen Regierungen und der daselbst lebenden Unterthanen viele Verdienste erwerben können. —

Wir kehren gerne auf unser Dampfboot zurück und setzen unsere Reise fort.

Zahlreiche Inseln, bald kleinere, bald grössere, liegen hier in dem breiten Strom. Sie sind mit grünen Waldungen und ihre Ufer mit Schilfrohr, dem Aufenthaltsorte von Wasservögeln mancherlei Art, bewachsen. Pelikane, Kraniche und Fischreiher theilen die Lüfte und begleiten das Schiff.

Die Donaugegend hat hier einen eigenthümlichen Anstrich. Die Ufer sind öde und leer; kein Haus, keine menschliche Seele so weit das Auge reicht. Das linke Ufer ist nun flach geworden und bleibt es auch bis hinaus an das schwarze Meer. Durch seine Niederungen ist es im Frühjahr gewöhnlich den Ueberschwemmungen ausgesetzt, und desshalb sieht man auch längs des linken Donauufers sehr wenige, sozusagen keine Wohnungen, mit Ausnahme der walachischen Wachhäuser, die längs der ganzen Donaulinie sich finden. Die wachhabenden Grenzsoldaten werden alle Wochen abgelöst und führen ein trauriges Leben; — sie haben den Grenz-Cordon zu bewachen, welcher die Zolllinie der Donaufürstenthümer gegen die türkischen Provinzen des rechten Ufers bildet. Das rechte Ufer ist beinahe reizlos und gewinnt nur hie und da durch malerisch gelegene Städte und Dörfer an Interesse.

So sieht man unterhalb Widdin das Dörfchen Arzar-Palanka, wo sich der kleine Fluss Arzar in die Donau ergiesst. Eine Stunde weiter abwärts erreichen wir das wirklich reizend gelegene Städtchen Lompalanka, dessen Häuser durch frische, grüne Bäume beschattet werden, und dessen Minarets dem Anblick einen wahrhaft orientalischen Rahmen verleiht. — Das Städtchen hat 4000 Einwohner und treibt einen lebhaften Handel mit Getreide, Häuten, Fellen und Wolle.

Von Lompalanka werden alljährlich tausende Centner jener Ziegenfelle versendet, welche nach Oesterreich, dem Zollvereine, Frankreich, Belgien und der Schweiz gehen, um dort zu Glacé-Handschuhen verwendet zu werden. — Die türkischen Felle werden im Handel vorzugsweise gesucht und erzielen weit höhere Preise als jene, die aus Serbien kommen.

Der Abend hat begonnen, ein heftiger Wind, der uns entgegenkommt, und die finstere Nacht hindern uns die Reise fortzusetzen. Wir ankern gegenüber von Lompalanka, nahe an einer Insel anlegend, hinter deren Gebüsch und Bäumen wir vor dem inzwischen zum

Sturme herangewachsenen Wind geschützt sind. Die Donau wird wie ein Meer aufgewühlt und die Wellen thürmen sich übereinander als sei der Strom das gewaltige Meer.

Unser Capitän hat vorsorglich an die Ruhe der Reisenden gedacht, und wie in einem sicheren Hafen können wir die Grossartigkeit der Natur und die Gewalt der Elemente bewundern. Ein Gewitter naht und entfesselt den Sturm; die Luft ist drückend heiss und alle Reisenden ergehen sich auf den Gallerien des Schiffes, bis ein wolkenbruchähnlicher Regen sie fast Alle zum Thee in den Salon treibt. Nur wenige Reisende bleiben am Verdeck, allein ihr Ausharren dort wurde reichlich belohnt. — Während der Sturm heulte und die Wellen brausend an unser Schiff schlugen, beleuchteten Blitze auf Blitze tageshell die Landschaft und ein unausgesetztes Rollen des Donners vervollständigte das majestätische Schauspiel der Elemente. —

Der Regen liess allmälig nach, — der Wind legte sich und der Strom floss bald wieder so ruhig dahin wie zuvor. Die Luft war rein und frisch, man fühlte sich neu belebt und die ganze Reisegesellschaft erschien wieder auf dem Verdeck, theilte sich in verschiedene Gruppen, dem Gesang der Hunderte von Nachtigallen lauschend, die nun ihre Lieder aus voller Brust ertönen liessen. — Dieser Abend an der Insel bei Lompalanka wird Vielen unvergesslich bleiben.

Schon zeitig am nächsten Morgen verlassen wir

unseren Standort und passiren gleich darauf den kleinen Ort Czibra-Palanka, sogenannt, weil sich der Fluss Czibra hier in die Donau ergiesst.

Auch dieser Ort ist lieblich und malerisch gelegen. Der Fluss Schyul am linken Ufer ergiesst sich nun in die Donau.

Es ist ein mächtiger Strom, nur Schade, dass er unsern Blicken entzogen wird, denn alles ist überschwemmt und kein Auge kann unterscheiden, wo der Fluss sich in die Donau ergiesst.

Von der Mündung der Donau nur wenig entfernt, erhebt sich am rechten Ufer ein Hügel, auf dessen Spitze Rahowa, ein halb türkisches, halb bulgarisches Dorf liegt. Wie elend sind die Erdhütten der Bulgaren, — wie armselig müssen diese Menschen leben! — Die türkischen Häuser sind wenigstens aus Stein und Lehm gebaut und mit Dächern versehen. —

Am Fuss des Hügels sieht man noch die Mauerüberreste von römischen Bädern. — Rahowa gegenüber liegt Piquet, eine kleine Stadt, die man nur von Weitem sieht und welche der Hafen von Krajova, der Hauptstadt der kleinen Walachei ist.

Von Piquet nach Krajova sind nur 4 Poststationen, welche man bei gutem Wetter bequem in 5 Stunden, ja, wenn die Pferde bereit sind, — in noch weit kürzerer Zeit zurücklegt. — Die walachische Post zählt in Bezug auf ihre Schnelligkeit unbedingt zu den schnellsten in Europa. Die Pferde sind klein, unansehnlich, abgemagert, und man spannt desshalb vor jeden gewöhnlichen Reisewagen 8, 10, ja 12 der kleinen Pferde ein. Einige unordentlich zusammengeknebelte Stricke bilden die Bespannung, welche der walachische Postillon mit grosser Geschicklichkeit zu arrangiren versteht, wenngleich dadurch eine geraume Zeit verstreicht. Ist er aber einmal damit in Ordnung gekommen, und hat er sich auf sein Sattelpferd, das grösste unter seinem Gespann, gesetzt, dann geht es auch im gestreckten Galop und unter fortwährendem Geschrei ventre à terre fort. — Er legt eine Poststation bequem in einer Stunde zurück, und weder er noch seine Pferde scheinen auch nur im mindesten angestrengt. Er setzt sich wieder auf sein Sattelpferd und treibt das Rudel Pferde, ohne dass sie unter sich angebunden sind, wie eine kleine Herde nach Hause.

Piquet ist ein wichtiger Verladungsort für die enormen Getreidemassen der kleinen Walachei. Eine grosse Anzahl von Segelschiffen und eisernen Schleppkähnen stehen längs des Ufers und nehmen ihre Ladung ein. Hunderte von Ochsenwagen, von primitivster Bauart und lebhaft an die alten römischen Wagen erinnernd, warten auf die Abladung ihrer weithergebrachten Getreide-Quantitäten, welche zu Schiff die Donau hinab, in Braila und Galatz in Seeschiffe verladen in den Welthandel gehen. — Weiter abwärts passiren wir Cselen, wo sich die unverkennbaren Ueberreste einer

Brücke über die Donau vorfinden, nach einigen Alterthumsforschern die Ruinen der Trajansbrücke, in deren Nachbarschaft römische Pflanzstädte gelegen haben sollen.

Am rechten Ufer sehen wir die Kirchthürme des Städtchens Islacs in der Morgensonne glänzen, und erblicken an der Mündung des Flusses Osme, zwischen zwei steil aufsteigenden Bergen in einer reizenden Lage die ziemlich umfangreiche Stadt Nikopoli, Hauptstadt des Ejelat Rumli, mit 19.000 Einwohnern, — türkisch Szilarow, deutsch Schittan. — Auf einem Hügel, der die Stadt beherrscht, steht ein Schloss. Nikopoli ist der Sitz eines griechischen Erzbischofs und eines katholischen Bischofs. An einem alten Mastbaum sehen wir die rothe türkische Flagge mit dem weissen Halbmond aufgehisst. — Oben auf dem Berg sowohl als unten am Fusse desselben sind wohlangebrachte Vertheidigungswerke mit Schanzkörben aufgebaut sichtbar; — dieselben datiren aus dem letzten russisch-türkischen Kriege des Jahres 1854. — Gegenwärtig sind dieselben wieder dem Verfall nahe. — Die Häuser sind unregelmässig angelegt und reichen in eine Schlucht hinein, die sich im Hintergrunde den Blicken eröffnet. — Die Stadt selbst scheint keinen besonderen Aufschwung mehr nehmen zu wollen, denn ausser einigen kleinen unansehnlichen Barken, welche den Verkehr mit dem walachischen Ufer unterhalten, sieht man nicht die geringste Einrichtung oder Verkehrsmittel, welche dem Handel dienlich sein könnten.

Wir landen inzwischen am entgegengesetzten Ufer kurz unterhalb der Mündung der Aluta, an dem Vorhafen der Stadt Turnu-Majarelle, ein walachischer Freihafen. Auch hier stehen eine ziemliche Anzahl von Segelschiffen und Schleppkähnen, die Getreide einladen, um es nach Braila oder Galatz zu bringen. — Die Gegend an der walachischen Uferseite ist gänzlich schmucklos; die kreidigen Hügel des türkischen Ufers endigen senkrecht abfallend und jetzt beginnt wieder eine öde flache Gegend, der man nicht das geringste Interesse abzugewinnen vermag.

Rechts liegt nun das bulgarische Städtchen Bellina, dem alsdann das anmuthig gelegene Sistov zwischen Platanen-Waldungen und weissfarbigen Minaret, über die sich die Thürme eines Schlosses erheben, folgt. Alle diese türkisch-bulgarischen Orte haben eine reizende Lage. — Hier wurde 1791 Friede zwischen Oesterreich und der Türkei geschlossen. Eine grosse Anzahl alter und neuer türkischer Schiffe zeigt uns an, dass hier Schiffbau getrieben wird. — Sistov gegenüber liegt der walachische Marktflecken Simnitza mit einem stattlichen, aber jetzt dem Verfall nahen Quarantaine-Gebäude. — Die Fahrt des Dampfbootes eilt am rechten Ufer, welches ziemlich hügelig, aber jeder Vegetation baar ist, vorüber. Ausser einem kleinen bulgarischen Dorfe, aus Lehmhütten bestehend, finden wir nichts Bemerkenswerthes, bis wir an die ziemlich bedeutende Stadt Rustzuk mit 30.000 Einwohnern gelangen.

Hier ist der Sitz eines griechischen Erzbischofs. — Die Festungswerke Rustzuks sind bedeutend sowie seine Citadelle; allein alles ist dem Verfall nahe. — Die Einwohner betreiben einen nicht unbedeutenden Handel und selbst einige Fabriken. Seine Bevölkerung besteht aus gemischten Nationalitäten, deren Wohlstand durch die bereits in Angriff genommene und hier ausmündende Bahn nach Varna einer schönen Zukunft entgegen geht.

Die zahlreichen Minarets und Kirchthürme armenischer und griechischer Confession in Verbindung mit den Festungswerken zeigen, dass es eine der bedeutendsten türkischen Städte an der Donau ist.

Vor dem einem Halbmond ähnlichen Hafen ankert die türkische Donauflottille, bestehend aus einem Dampfer und ungefähr 8 oder 10 kleinen Segel-Kanonenbooten. — Zur Zeit des letzten türkisch-russischen Krieges haben die kleinen Kanonenboote manchen erspriesslichen Dienst geleistet, namentlich beim Uebergang der türkischen Armee bei Rustzuk. — Rustzuk gegenüber liegt die walachische Freistadt Giurgewo mit nahe an 20.000 Einwohnern, der eigentliche Hafen von Bukarest.

Von Giurgewo nach Bukarest besteht eine ziemlich gut fahrbare Strasse, auf welcher man in 5 bis 6 Stunden den Weg zurücklegt; bei ungünstigem Wetter dauert die Fahrt allerdings länger. — Im Anschluss an die Schiffe der Donau-Dampfschifffahrt-Gesellschaft verkehrt eine Diligence, mit der man ebenfalls rasch an's Ziel kommt. Giurgewo an und für sich hat wenig Bedeutung. Der Reisende hat vollauf Zeit sich die Stadt anzusehen, da das Dampfboot Kohlen einnimmt, allein er wird sehr wahrscheinlich rasch an Bord zurückkehren. —

Die Stadt liegt an einem kleinen Arm der Donau, in welchem eine grosse Anzahl Segelschiffe ihre Ladungen aus dem Innern erwarten, und hier sieht man die ersten Seeschiffe, die begünstigt durch das tiefe Fahrwasser der Donau, bis hieher vordringen. —

Unsere Reise fortsetzend beginnt die Gegend recht viel Abwechslungen zu bieten. Wunderschöne Waldungen begrenzen den Fluss. Wir kommen nach einer zweistündigen Fahrt längs dem rechten Ufer an das bulgarische Städtchen Tuturkan mit 6000 Einwohnern, welches ebenso wie alle türkischen Städte, von aussen gesehen, einen unendlich freundlichen Eindruck macht. — Die kleinen Häuser, von welchen nur die rothen Ziegeldächer aus den üppiggrünen Bäumen schauen, laden zum Besuche ein. — Sonderbar; dieses Städtchen hat gar keine Communication und so zu sagen auch keinen Handel! Die Dampfboote haben es schon vielmal versucht dort zu landen, allein nie hat sich ein Einwohner gemeldet, der die Reise mitmachen wollte.

Gegenüber Tuturkan liegt der walachische Ort Oltenitza, wohlbekannt aus dem letzten russisch-türkischen Kriege, woselbst die russische Armee eine blutige Niederlage erlitt. — Die Ruinen des Quarantaine-Gebäudes geben Zeugniss von dem mörderischen Gefecht, bei welchem die russischen Truppen dem zerschmetternden Feuer mehrer sich kreuzenden türkischen Batterien unterlagen und daher zurückweichen mussten. Oltenitza liegt noch weit näher als Giurgewo bei Bukarest, allein die bevorzugte Verbindung bleibt immer von Giurgewo aus. Grössere Segelschiffe, und viele Schleppkähne zeigen auch hier den massenhaften Getreide-Export der Donaufürstenthümer an. Es sind gesegnete Länder, die nur der Vervollkommnung ihrer Communicationen und ihrer inneren politischen Einrichtung harren, um eine wichtige Rolle in dem Bereiche der National-Wohlfahrt zu übernehmen.

Wir verlassen Oltenitza, um zwischen Inseln und Wäldern die immer breiter werdende Donau hinabzueilen. Wie majestätisch der Strom, wie wild die Ufer, die ihn umgeben! Die Grossartigkeit der Natur übt einen grossen Eindruck auf den Reisenden aus und wir glauben uns der Pflicht enthoben, ihn besonders darauf aufmerksam machen zu müssen. Unter solchen Eindrücken gelangt man nach der wohlbekannten Festung Silistria, der befestigten Hauptstadt des Ejalet von gleichem Namen. Früher hatte die Stadt 20.000 Einwohner, jetzt aber in Folge von Belagerungen und Verheerungen der Pest, nur 9000 Einwohner. Wie unscheinbar dieser Platz aussieht! Auf den Höhen der rückwärts liegenden Berge sieht man die starken

Forts, aus welchen schon zu verschiedenen Malen die Feuerschlünde Tod und Verderben in die Reihen der russischen Armeen schleuderten. In der Ebene links ist jenes vorgeschobene Werk Arab-Tabia, welches unter der tapfern Vertheidigung eines preussischen Officiers den Angriff und Sturm der russischen Armee im Jahr 1854 siegreich zurückschlug. Wir übergehen jede weitere Beschreibung dieses befestigten Platzes, dieses geübteren Federn überlassend.

Unterhalb Silistria ergiessen sich der Talan und der Musabey, welche die Grenze Bulgariens und der Dobrudscha bilden, in die Donau. Diese Gegend ist der Aufenthaltsort vieler herumziehender Zigeunerhorden, deren Schlupfwinkel die Ausläufer des Balkan-Gebirges sind. Bald gelangt man dann zur Stadt Rassowa, wo sich noch Ueberreste der Mauern vorfinden, welche bis zum schwarzen Meer liefen, und indem nun die Donau ihren Lauf nordwärts nimmt, erreichen wir den Eisenbahn-Stationsort Czernawoda, wo die meisten Reisenden sich der erst vor wenigen Jahren angelegten Schienenbahn nach Kustendje bedienen, und daher das Dampfschiff verlassen.

Es ist eine jedem Reisenden auffallende Erscheinung, in dieser wilden und öden Gegend eine Eisenbahn zu finden. Englische Capitalien verbunden mit grossem Unternehmungsgeist haben das Verdienst, in der unwirthsamen Dobrudscha, einem menschenleeren Land, eine Bahn erbaut zu haben, welche zwar dem Weltverkehr bedeutende Erleichterungen gewährt, die aber dem Interesse der Unternehmer nicht nur wenig, sondern factisch keinen Nutzen bringt. Die Reisenden werden daher daran wohl thun, in Rücksicht auf jene Thatsache und andere grosse Schwierigkeiten, welche diese Unternehmung in diesem Land zu bekämpfen hat, ihren Anforderungen bezüglich der Einrichtungen der Eisenbahn nicht einen Massstab anzulegen, wie man es sonst bei ähnlichen Unternehmungen zu thun vielleicht das Recht hat. Muss es doch Jedem als eine grosse Wohlthat erscheinen, in kaum 2½ Stunden von der Donau nach dem schwarzen Meer eilen zu können, und dadurch nahe an 2 Tage Reisedauer zu ersparen. Zwischen den beiden Endpuncten dieser kurzen Bahnstrecke liegen 2 Stationen, deren erstere Midjidjeh heisst. Die Gegend ist sumpfreich und nur während des höchsten Sommers ist alles ausgetrocknet. Ja es ereignet sich, dass die Waggons durch das Wasser laufen müssen. Midjidjeh ist eine Stadt neuen Ursprungs, von circa 20.000 Tartaren bewohnt, die während des letzten Krieges zwischen den Russen und Türken, sich dort ansiedelten.

Die Stadt liegt am Fusse der Gebirge Cirwassur. Kustendje sowohl wie Czernawoda laufen Gefahr, in ihrem Aufblühen durch den neuen Eisenbahn-Rivalen zwischen Varna und Rustschuk gehemmt zu werden.

Wir blieben am Dampfschiff und setzten unsere Reise auf dem Donaustrome fort.

Ein- und gleichförmig laufen am rechten Ufer kahle Berge längs dem Flusse, während endlos scheinende Ebenen das linke kennzeichnen. Keine Abwechslung, kein belebender Eindruck erfrischt das Auge. In einer Entfernung von 6 Meilen erscheint auf dem rechten Ufer die Stadt Hirsova, oder vielmehr nur die Ruinen derselben an einer tiefen Schlucht, sowie der verfallene Ueberrest eines türkischen Castelles.

Rechts die Mündung der Kuczundschu, links die der Jalomitza mit dem erbärmlichen Flecken Oruscho, sowie die Mündung des Araktar lassen wir hinter uns und gelangen nach Braila mit seinem beträchtlichen Handelsverkehr, in dessen Hafen die Mastbäume vieler grossen Seeschiffe uns das Bild einer Seestadt zeigen.

Hier nimmt die Donau den Sereth auf, welcher die Grenze zwischen der Moldau und Walachei bildet. Brailow, Braila oder Ibrail, Ibrahilow hat an 10.000 Einwohner, ist befestigt und wetteifert an Wichtigkeit einer walachischen Handelsstadt mit Galaz, wohin wir nach einer Fahrt von 1—2 Stunden gelangen.

Galaz liegt am linken Ufer der Donau zwischen der Mündung des Sereth und Pruth und hat 40.000 Einwohner.

Seine geografische Lage ist 45° 28' Länge und 45° 24' Breite. Es besteht aus der Alt- und Neustadt, die Beide sich durch nichts auszeichnen als dass man ein Bestreben wahrnimmt, die Stadt verschönern zu wollen. — Nichtsdestoweniger ist bei trockenem Wetter kaum vor Staub, bei feuchtem regnerischen Wetter nicht vor Koth durchzukommen.

Keiner der Kirchthürme ist mit einer Uhr versehen. Durch die Beleuchtung der Strassen des Nachts ist ein grosser Schritt vorwärts geschehen, so wie man auch angefangen hat, alle Neubauten in Stein aufzuführen.

Zwischen dem Sereth und dem Pruth liegt der $1^1/_2$ Meilen lange und mehr als $^1/_2$ Meile breite See Bratisch.

In Galaz verlassen wir das Schiff der Donau-Dampfschifffahrt-Gesellschaft; wir trennen uns mit Bedauern von den freundlichen und zuvorkommenden Schiffsofficieren, sagen der vortrefflichen Küche und Table d'hôte Lebewohl, und begeben uns an Bord eines Dampfschiffes des österreichischen Lloyd (der bekanntlich seinen Sitz in Triest hat), das uns durch die Sulina-Mündung hinaus, auf die Wogen des schwarzen Meeres und nach Constantinopel, der Hauptstadt des Osmanischen Reiches, führen wird. Es ist eine ganz andere Art des Reisens, auf einem Seeschiff zu sein. Die Schiffe müssen ungleich stärker gebaut sein, man kann dem Comfort der Reisenden nicht jene Rücksicht schenken, wie auf einem Flussdampfer, und hier um so weniger, als die Seeschiffe, welche bis nach Galaz und Braila fahren, einen bestimmten Tiefgang wegen des Flusses haben müssen und also eine gewisse Grösse nicht überschreiten dürfen. — Die schweren Ketten werden mit Mühe gehandhabt, der

Anker nach vielen Anstrengungen gelichtet und fort geht es dem schwarzen Meere zu. Gleich unterhalb Galaz mündet die Pruth in die Donau, in einer kurzen Entfernung liegt das Städtchen Reni mit ungefähr 3000 Seelen. Etwas weiter donauabwärts liegt auf dem rechten Ufer die türkische Stadt Isaktscha, einen angenehmen Eindruck machend.

Die Donau beginnt nun gänzlich interesselos zu werden, sie theilt sich in drei Arme, deren mittlerer der Sulinacanal heisst, welchen wir befahren, der aber wohl im Verlaufe einiger Jahre aufhören wird, die gewöhnliche Fahrstrasse zu sein. Seine Tiefe beträgt 12 bis 18 Fuss, während der Canal von St. Georg eine durchschnittliche Tiefe von 25' hat, die bis 50' steigt.

Zunächst fahren wir an dem Kilia-Arm vorüber, welcher der nördliche ist, an dessen Anfang die frühere russische Niederlassung Tschetal auf der Insel gleichen Namens lag. — Bevor dieser Theil Bessarabiens der Moldau zugetheilt wurde, waren bekanntlich die sämmtlichen Donau-Mündungen im Besitz Russlands. Den Kilia-Arm, an welchem die ziemlich bedeutende und regelmässig schön gebaute Stadt Ismael liegt, lassen wir zu unserer linken Seite liegen.

Wir erreichen alsbald die türkische Stadt Tultscha, in einem Halbmond an dem Ufer des Flusses erbaut. — Ein reges lebendiges Treiben kündigt uns an, dass die Stadt einen lebhaften Handel betreibt, sie ist die Hauptstadt der Dobrudscha und zugleich der Sitz des diese Provinz als Statthalter regierenden Pascha's. Wir sehen die k. k. österreichische und k. preussische Flagge an hohen Mastbäumen wehen, ein Beweis, dass diese Mächte hier Consularvertreter haben. Eine Dampfmaschine lässt vermuthen, dass sich vielleicht ein Industrieller hierher verirrt habe, um aus irgend einem Rohstoff Fabrikate zu erzeugen. Auf unser Befragen erfahren wir, dass es eine Werkstätte der europäischen Donau-Commission sei. Diese internationale Commission, aus den Vertretern der europäischen Grossmächte, welche den Pariser Friedenstractat im Jahr 1856 abschlossen, bestehend, ist dazu berufen, die Schifffahrt auf der untersten Donau zu regeln und zu erleichtern. — Sie hat, unterstützt von ausgezeichneten Ingenieuren, der Schifffahrt wirklich unschätzbare Wohlthaten erwiesen, indem sie die zwanglose Donau zu reguliren begonnen und dieses grösstentheils auch glücklich durchgeführt hat. Ob die Arbeiten sich für die Dauer bewähren werden, ist der Zukunft vorbehalten. Die Schifffahrt-Treibenden haben einstweilen unleugbare Beweise für die Kostbarkeit der Regulirungsarbeiten durch ziemlich hohe Abgaben abzulegen, welche die Kosten derselben zu decken bestimmt sind. Ein 600 Fuss lang gemauerter Hafendamm (pier) nördlich in der Richtung nach Odessa, so wie ein anderer südlich in der Richtung nach Constantinopel hin, hat die berüchtigte Sulina-Barre einstweilen beseitigt.

Leuchtthürme, deren noch mehrere zu erbauen beabsichtigt werden, dienen den Schiffen auf der See in dunkler Nacht zur Richtschnur.

Der Plan, analoge Arbeiten im Canal von S. Georg vorzunehmen, ist bereits ausgearbeitet und, wie wir hören, von den verschiedenen Regierungen genehmigt.

Das Städtchen Sulina liegt am linken Ufer, ein armseliges meistens aus elenden Bretterhütten bestehendes Nest.

Eine kleine griechische Kirche, der Leuchtthurm und einige wenige andere Häuser sind aus Stein gebaut. — Hunderte von Arbeitern, aus aller Herren Länder zusammen gewürfelt, hauptsächlich aus dem Abschaum Constantinopels recrutirt, lungern indolent am Ufer umher. — Ein unheimliches Volk! Wir spüren keine Lust, unsere Neugierde am Land weiter zu befriedigen und sind froh, als unser Dampfschiff sich in Bewegung setzt, um hinaus in das gefürchtete schwarze Meer zu stechen.

Das Dampfboot wird von den Wogen des Meeres getragen. In die bläulichen dunkeln Fluthen taucht es bald tief den Schnabel, bald das Hintertheil, und stärker werden die Bewegungen.

Immer lichter und dünner wird die Zahl der Passagiere, die ihr Lager aufsuchen, um den Blicken der Reisegefährten die Wirkungen der Seekrankheit zu entziehen. Vergebens ist der Tisch in der grossen Cajüte mit Leckerspeisen aller Art besetzt. Wenige Gäste nur leisten dem Capitän Gesellschaft.

Auf dem Verdecke, auf ausgebreiteten Teppichen

liegen Türken, Griechen, Nationalitäten aller Art, Soldaten, mit orientalischem Gleichmuth, der Wenige verschonenden Krankheit ihren Tribut zollend. Vierundzwanzig Stunden dauert die Fahrt, dann zeigt sich wie ein grauer Nebelstreif die Küste, und je näher man derselben von den polternden Rädern mit dem dem Ziele zu unverrückten Steuerruder geführt wird, desto mehr füllt sich das Verdeck mit Gestalten, die neugierig nach Osten schauen, um bewaffnet mit Ferngläsern die Wunder des Bosporus zu erblicken.

Bosporus, d. i. die Ochsenfurth, weil hier der Mythe gemäss, die in eine Kuh verwandelte Jo über die Meerenge, welche das schwarze Meer (Pontus Euxinus) mit dem Propontis (Marmora-Meer) verbindet, schwamm.

Endlich dehnt sich zu unserer Linken die Küste der europäischen Türkei, die Rumeliens aus; vor uns liegt der rumelische Leuchtthurm, sowie die Felsen-Inselgruppe, die Cyanen, dann fahren wir an dem rechts liegenden anatolischen Leuchtthurme vorüber, und wir erblicken zu beiden Seiten die Ufer, welche den Canal von Constantinopel oder den Bosporus, hier Europa, dort Asien, zu einer der reizendsten Ansichten der alten und neuen Welt gestalten.

Unsere Feder ist zu schwach um ein treues, der Wahrheit nahekommendes, Gemälde dieses wunderbar schönen Punctes der Erde, auf dem sich Himmel, Erde und Meer zur Verschönerung harmonisch die Hände reichen, zu entwerfen. Diese herrliche Landschaft muss

Entrée du Bosphore en venant de la mer noire.

geschaut werden, die Eindrücke, welche sie in der Seele des Beschauers hervorruft und zurücklässt, muss man selbst in sich aufnehmen und empfinden.

Wir können hier nur ein ruhiger Führer sein, der den Namen jedes einzelnen schönen, in's Auge fallenden Punctes angibt, und der Landschaft es allein überlassen, das Auge des Beschauers zu ergötzen.

Wir führen daher auf europäischem, sowie auf asiatischem Ufer die Namen der Orte und Buchten, in der Ordnung wie sie liegen, an, uns das Recht vorbehaltend, von einzelnen später wiederum und ausführlich zu sprechen.

Europäisches Ufer.	**Asiatisches Ufer.**
Leuchtthurm in Rumelien (Fánaraki)	Riva
Cyanen-Inseln	Kromion (Felsen)
Batterie	Leuchtthurm in Anatolien (Fánaraki)
Fort von Karibie	Poiras
Fort von Stone	Fil Burnu *)
Rumili Kawak	Keceli Liman
Jeni-Makalu	Anadoli Kawak
Batterie	Batterie von Jushu
Bujukdere	Madschar Burnu
Leuchtthurm v. Bujukdere	Mesar Burnu
Tschefely-Kioy *)	Umur-Kioy
Keretch-Burnu	Unkiar-Skelessi
Therapia	Jali-Kioy

*) Kioy Dorf.

*) Burnu, Bucht.

Europäisches Ufer.	Asiatisches Ufer.
Kalendar	Bejkos
Yeni-Kioy	Kiosk des Sultans
	Indjir-Kioy
Stenia	Sultanie (Bucht u. Dorf)
Balta Liman	Kiosk
	Tschibbuklu
	Kandlija-Kioy
	Kiorra
Rumili-Hissar (Castell)	Anatoli-Hissar
	Die süssen Wasser
Bebek	Kiosk
Arnaut-Kioy	Vani-Kioy
Kuru-Tschechsme	Tschengel-Kioy
Defitirdar Burnu	
Orta-Kioy	Beglerbeg-Kioy
Tschiragan-Serai	
Beschik-Tasch	Stavros
Dolma-Bagdsche-Serai	
	Kus-Kundyuk
Funduklu	
Sali-Bazari	Skutari
Tophana	
Casernen	
Galata	Kaik-Serai
	Verbranntes Serail

Brücke

Goldenes Horn.

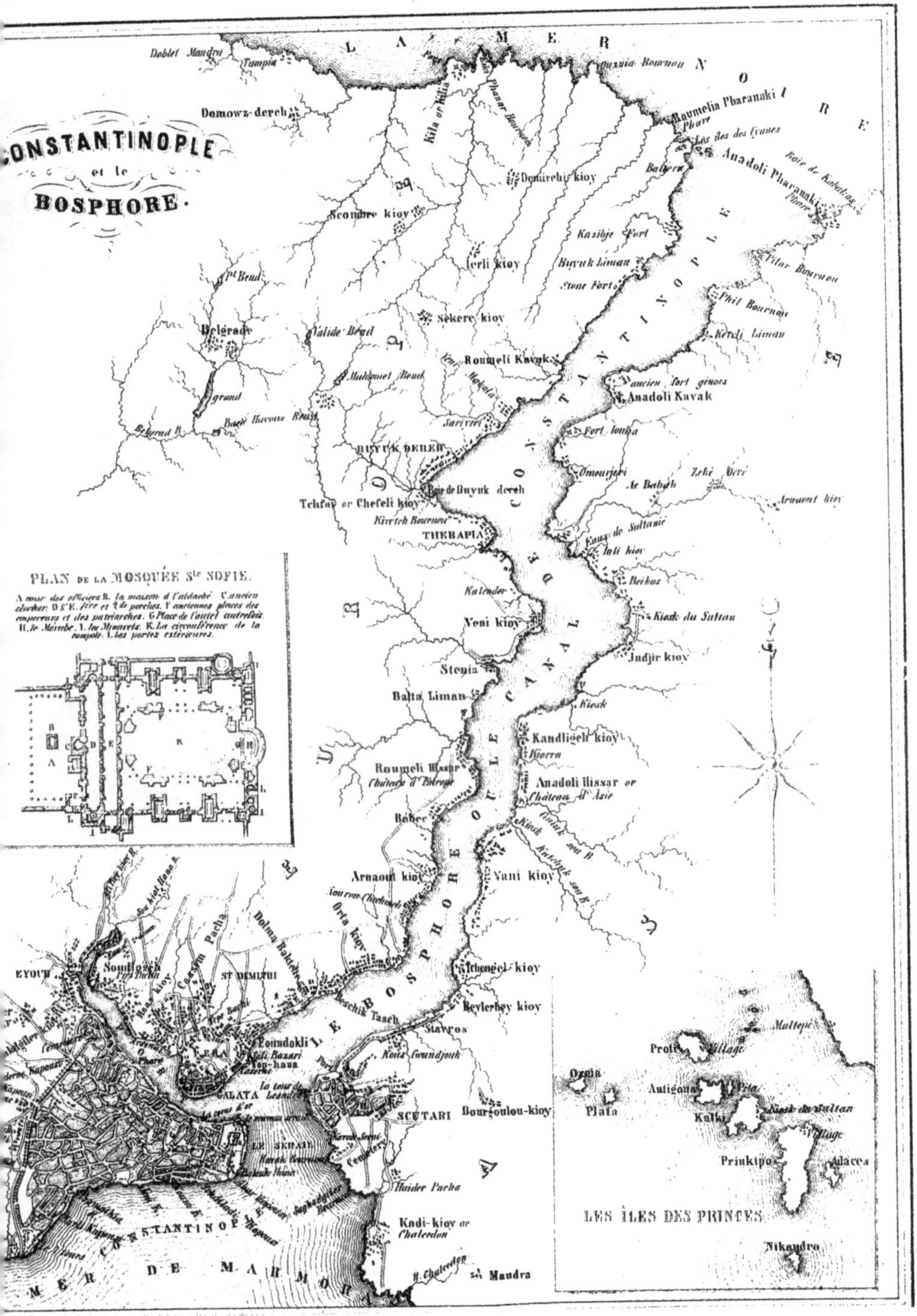
CONSTANTINOPLE
et le
BOSPHORE
LA MER NOIRE
PLAN DE LA MOSQUÉE Ste SOFIE.
Belgrade
Domowz-dereh
Sconbre kioy
Demirchi kioy
Ierli kioy
Sekere kioy
Roumeli Kavak
Anadoli Kavak
Anadoli Pharanaki
Roumelia Pharanaki
Buyuk Liman
BUYUK DEREH
Baie de Buyuk dereh
Tchfai or Chefeli kioy
THERAPIA
Yeni kioy
Stenia
Balta Liman
Kiosk du Sultan
Indjir kioy
Kandligeli kioy
Roumeli Hissar
Anadoli Hissar or
Château d'Asie
Bebec
Arnaout kioy
Vani kioy
Tchengel kioy
Beylerbey kioy
Stavros
CANAL DE CONSTANTINOPLE
LE BOSPHORE
EYOUB
ST DIMITRI
PERA
GALATA
Tophana
SCUTARI
Bourgoulou-kioy
LE SERAIL
Haider Pacha
Kadi-kioy or
Chalcedon
Mandra
MER DE MARMORA
CONSTANTINOPLE
LES ÎLES DES PRINCES
Proti
Oxeia
Plata
Antigona
Kalki
Prinkipo
Nikandro
Maltepe

Anadoli-Hissar ou le château d'Asie.

Häuser an Häuser reihen sich den Bosporus entlang auf beiden Ufern, kühn hinausgebaut auf schmalen Erdzungen, oder terrassenförmig auf Hügeln, meistens nur aus Holz, aber dem äussern Anscheine nach mit orientalischer Eleganz, — die leicht, oft gleich Taubenhäusern gebaut, ihre Grundpfeiler von den plätschernden Fluthen bespülen lassen. — Hier zeigen die offenen Fenster, die den erfrischenden Seewind in die Gemächer einlassen, dass ein Grieche, ein Armenier, oder ein Franke seinen heimatlichen Herd aufgeschlagen hat; dort verkünden die vergitterten Fensteröffnungen, die verschlossenen Thüren, der von einer hohen Mauer umgebene Garten, dass ein rechtgläubiger Moslem mit seinem Harem, jedem Blicke, jedem Unberufenen den Eintritt in sein Familienleben untersagt.

Schwerbeladene Schiffe, oder in Ballast, eilen mit geschwellten Segeln dem schwarzen Meere oder dem Hafen von Galata, der Handelsvorstadt Constantinopels zu. Pfeilschnell gleiten Kaïks vorüber; auf dem Polster hingestreckt liegt der Eigenthümer oder Miether des leichten elegant gebauten Fahrzeuges, während rüstig der griechische Schiffer mit gebräuntem Gesicht und nervigten Armen die fest gehaltenen Ruder bewegt.

Dampfer folgt auf Dampfer, alle gefüllt mit Passagieren jeder Nationalität, das Hintertheil zum Aufenthalt der türkischen Frauen, denen der Schleier noch kein genügender Schutz ist, durch ein Gitter von dem übrigen Verdecke abgetheilt. — Dort liegt ein Kriegsschiff, an dessen Bord die zahlreiche Mannschaft, der Pfeife des Hochbootsmannes gehorchend, ein reges, geschäftiges Treiben entwickelt.

Im Hintergrunde ragen die luftigen hohen Minarets der vielen Moscheen, unter denen die Santa Sofia die Blicke fesselt, in den blauen Aether.

Wir erblicken die hölzerne Schiffbrücke, welche Galata mit dem alten Stambul verbindet, auf der sich ein dichter Knäuel von Köpfen hin und her bewegt, und den Hafen von Galata, wo Schiff an Schiff, Mast an Mast, Kaïks und Schaluppen ein Chaos von Betriebsamkeit dem Fremden zeigen, der fast betäubt wird von dem Geschrei menschlicher Stimmen in so vielen verschiedenen Sprachen.

Hoch gelegen überschaut der Thurm von Galata die Häuser der Vorstädte Tophana, Galata und Pera, sowie die europäischen Ufer des Bosporus und um die Moscheen der Sultane Mahomet II., Soliman I., die Moschee Osmanieh, und um so viele andere gruppirt sich die Häusermasse des alten Byzanz.

Stambul nebst seinen 15 Vorstädten, unter die auch Scutari gezählt wird, ist terrassenförmig gebaut und bietet mit seinen Cypressen-Hainen, den Wohnplätzen der Todten, einen unvergleichbar schönen Anblick, dem aber die Enttäuschung unmittelbar folgt, sobald man den Fuss auf Terra firma setzt und die engen schmutzigen schlechtgepflasterten Strassen durchwandelt, deren hölzerne Häusermasse nur eines Funkens gewärtig ist, um in einen grossen Aschenhaufen verwandelt zu werden.

Die grosse Stadt, das Kind so vieler Regenten, so vieler Dynastien, so vieler Jahrhunderte, wird eines Tages die Beute der Flammen werden, so wie es das am asiatischen Ufer auf einer Erdzunge, Tophana und auch Scutari gegenüber, gelegene Serail mit aller seiner Pracht geworden ist.

Wir sind noch an Bord des Lloyd-Dampfschiffes. Lohndiener drängen sich auf das Verdeck um die Reisenden, reichen denselben, in allen Sprachen redend, die Karten des Hôtels, das sie zur Werbung von Gästen ausgeschickt hat. Wir erkundigen uns nach den Preisen, die zwischen 10—20 Francs per Tag für Wohnung und Nahrung variiren, und nachdem wir entweder das Hôtel Miszery, das theuerste, oder das Hôtel de l'Europe, wo man zu 15 fl. per Tag recht gut aufgehoben ist, oder ein anderes der vielen Hôtels gewählt haben, steigen wir mit unsern Habseligkeiten in ein Boot, für das man 5—10 Piaster, je nach der Zahl der Bagage, zahlt, und fahren an das Land. Der Lohndiener begleitet uns.

Wir begeben uns zuerst in das Gebäude der kaiserl. Douane; man untersucht unsere Koffer, gibt uns einen Beamten, der uns an das Land begleitet und dafür ein Geschenk von 5 Piaster (50 kr.) empfängt; ein Lastträger ladet die Bagage auf den Rücken und wir treten unsere Wanderung in das Hôtel an. Wir sind in Constantinopel, oder eigentlich in Tophana.

Zu unserer Rechten liegt das schöne und grosse Gebäude, die kaiserliche Kanonengiesserei. Hinter demselben inmitten von Baumgruppen erblicken wir die glänzenden Kuppeln der Moschee von Tophana. — Kleine türkische Pferde werden uns von allen Seiten angeboten.

Herrenlose Hunde, in Rudeln von 5—6 an der Zahl, versperren uns überall den Weg und zwingen uns auszuweichen, da sie nur von Hunger oder Durst getrieben ihren gewohnten Ruheplatz verlassen. — Europäer, Araber, Beduinen, der braune Cophte aus Egypten, die Bewohner Syriens, des Libanon, tunesische Türken, noch Turbans auf dem Haupte tragend, Juden, Griechen, Armenier mit dem Fess, liegen oder sitzen vor kleinen unansehnlichen Caffeehäusern, rauchen Tschibuks, Cigarretten, oder blasen aus Narghilehs den Rauch in die Lüfte, füllen die Vorhöfe der Moscheen und Bäder, lärmen, schreien, verkaufen Früchte, gehen ihren Geschäften nach, feilschen an den offenen Verkaufsbuden und Werkstätten der Handwerker um Waaren, und geben uns ein Gemälde, das keine europäische Stadt aufzuweisen hat.

Hier ist eine türkische Garküche, wo Fleischspeisen, die verschiedenartigsten Gemüse und Bäckereien vor den Augen Aller zubereitet werden. — Dort übt ein Barbier mit vielen Gehilfen sein Handwerk aus; hier

CONSTANTINOPLE.

schneidet und wiegt man Tabak ab; dort schiebt ein Bäcker Brod in den glühenden Ofen; dort verkauft man Wasser, Pillau, Eis, Galotten oder Früchte. — Ueberall, wo wir hinschauen, umgibt uns ein Gewirr von Menschen, von Sprachen, von Thätigkeit, durch das die warnende Stimme der Lastträger tönt und welches der Europäer mit Staunen und Bewunderung durcheilt. Hier und dort sitzende Bettlerinnen zeigen ihre verstümmelten Glieder und sprechen uns auf türkisch, griechisch oder armenisch um ein Almosen an. Weibliche Gestalten, in weite Mäntel gehüllt, das Kinn in ein Tuch versenkt, Armenierinnen, und sind es Türkinnen, einen Schleier über das Gesicht gezogen, eilen an uns vorüber. Wir folgen mit Mühe dem rüstig einherschreitenden Lastträger in eine enge steil ansteigende Strasse, wo Ruhe und Stille herrschen, und gelangen endlich in das von uns gewählte Hôtel in Pera.

Ehe wir nun unsere Wanderungen in Constantinopel antreten, halten wir es für unsere Pflicht, einige allgemeine Bemerkungen voranzuschicken.

Constantinopel, türkisch Stambul oder Istambul, walachisch oder slavisch Zaregrad, liegt auf einer dreieckigen Landzunge am südwestlichen Ausgange des thrazischen, jetzt rumelischen Bosporus.

Diese Landzunge wird durch den Hafen Constantinopels, das goldene Horn, einen Arm des Bosporus und das Marmora-Meer gebildet.

Das alte Byzanz, jetzt das eigentliche Stambul, nimmt einen Raum von ungefähr $2\frac{1}{2}$ Meilen ein, und ist auf der asiatischen oder Landseite von der alten, nun verfallenen, dreifachen Mauer umgeben, hat 28 Thore und 9 Pforten, 15 Vorstädte und wird durch 2 Brücken mit Galata verbunden. — Seine Bevölkerung von mehr als 800.000 Seelen ist bis auf 140.000 Griechen, 230.000 Armenier, 30.000 Juden und circa 4000 Europäer, also die Hälfte, türkischer Nationalität. — Die Residenz des türkischen Kaisers zählt über 300 Moscheen, 26 Kirchen und viele Synagogen, 300 Medressen (Bildungsanstalten) der Ulemas (Priester), 400 Mekleb, Elementarschulen, und sonstige Erziehungsanstalten; an 3000 öffentliche Bäder, 40 öffentliche Bibliotheken und viele Imaret (Armenküchen).

Constantinopel hat eine Garnison von fast 25.000 Mann, die bis auf die Kopfbedeckung europäisch uniformirt sind, gute Musikbanden haben und in 12 schöne geräumige Casernen untergebracht sind. — Eine Marineschule auf der Insel Chalki, eine Artillerie- sowie eine Ingenieur-Schule sollen dem Mangel an tüchtigen Officieren abhelfen — Die medicinische Schule ist der Leitung deutscher Aerzte übergeben. Ausserdem gibt es 3 deutsche Spitäler, mit Einschluss des österreichischen, dann ein englisches und ein französisches. — Caffeehäuser gibt es eine Menge, unter denen die in Pera befindlichen den europäischen an Eleganz und Comfort nicht nachstehen.

Der Handel Constantinopels ist bedeutend, drei Viertel jedoch befindet sich in den Händen von

Griechen, — in das andere Viertel theilen sich Europäer, Armenier, Türken und Juden, von denen die letzteren am wenigsten betheiligt sind. — Caravanen, an 7000 Segelschiffe und 500 Dampfschiffe sind jährlich beschäftigt der grossen Stadt Waaren und Mundvorräthe zuzuführen. Die Industrie ist nicht im Fortschritte begriffen; sie beschäftigt sich fast ausschliesslich mit der Anfertigung von Gegenständen des orientalischen Luxus.

Das Klima ist ein sehr gesundes und angenehmes, da die grosse Sommerhitze durch den frischen Seewind gemildert wird, und der Winter sehr mild ist. Wenn Krankheiten hier herrschen, so ist es nur in Folge der schlechten Reinlichkeitspolizei. Der Fremde hat aber namentlich vor Diätfehlern sich zu hüten, da Dissenterie sehr häufig und sehr acut auftritt, so dass diese Krankheit gewöhnlich lebensgefährlich wird. — Es ist ein grosser Fehler, in anderen Klimaten leben zu wollen, so wie man es zu Hause von Kindheit an gewöhnt war. — Man sollte überall mehr oder weniger die Lebensweise der Eingebornen, welche dem Klima entsprechend ist, annehmen. Das Sprichwort: Anderes Land, andere Sitte — sollte auch heissen — andere Lebensweise.

Die asiatischen Ufer des Bosporus werden fast ausschliesslich nur von Türken bewohnt, dies auch der Grund, wesshalb der Begräbnissplatz von Scutari, der grösste und schönste Cypressenhain Constantinopels ist, da ausserdem die Türken auf europäischem Grund und Boden sich nicht heimisch fühlen und gewärtig sind, wieder nach

Asien, woher sie gekommen und wohin sie gehören, zurückgedrängt zu werden. — So viel auch der Moslem von europäischer Civilisation in sich aufgenommen hat und wohl noch aufnehmen wird, so bleibt doch die Masse des türkischen Volkes asiatisch und ein Antipod des Christenthums und seiner Segnungen.

Der Zeitpunct wird kommen, in welchem sich die europäischen Grossmächte darüber einigen werden, ob Constantinopel, dieser herrliche Fleck auf Gottes schöner Erde — den Türken bleiben oder von denselben abgetreten werden soll, und ein Land, so schön und fruchtbar, wäre dann der Arbeit, dem Gewerbfleiss, der Bildung zurückgegeben, und den Händen eines Volkes, das doch aus nichts anderes als aus Halbbarbaren besteht, entrissen werden, wenn es nicht durch die Regierung gezwungen werden kann, die theilweise bereits aufgenommene europäische Civilisation mit ihren Segnungen sich gänzlich anzueignen.

Wir beginnen nun unsere Wanderung durch Constantinopel und seine reizenden Umgebungen. Wir besuchen eine Vorstadt nach der andern, **Stambul** selbst, fahren an dem einen Ufer des Bosporus hinab, an dem andern hinauf, und machen auf gleiche Weise Ausflüge in die Umgebung, überall unsere Leser auf das Sehenswerthe aufmerksam machend. Bald besteigen wir ein türkisches Pferd, bald begeben wir uns an Bord eines Localdampfers, oder wir legen uns auf ein Polster in einen der schnell dahinfliegenden Kaïken, und lassen uns mit orientalischer Ruhe von den Wellen des schwarzen Meeres, des Bosporus, der Marmora-See tragen.

Wir besuchen zuerst die Vorstadt Galata, die gewesene Genueser-Stadt, deren Mauern, und respective Thürme noch theilweise, jedoch in einem sehr verfallenen Zustande bestehen, und unter denen der Thurm von Galata, oder der Genueser-Thurm, noch hervorragt. 229 steinerne Stufen, und zuletzt eine Stiege von Holz, führen auf seine Spitze, wo sich dem Auge des Beschauers ein herrliches, unvergleichlich schönes Panorama entrollt. Galata, der Sitz des Handels, Pera und Tophana, der Bosporus, die Prinzen-Inseln und der Berg Olympos, das goldene Horn, Stambul mit seinen zahlreichen Moscheen, Kuppeln und Minarets, die Marmora-See, die beiden Brücken über den Bosporus, das Arsenal mit seinen Kriegsschiffen, der Hafen mit seiner Regsamkeit, hier il campo grande, dort der Begräbnissplatz von Scutari mit üppigem Cypressenwald, grosse Casernen auf allen Seiten, Paläste und Landhäuser zwischen lieblichem Gebüsch, umfasst der Blick, während ein verworrenes Getöse der schreienden, geschäftigen Menge, gleich der Meeresbrandung, die sich am felsigen Ufer bricht, an unser Ohr schlägt.

Der Thurm ist jetzt die Wohnung einer Anzahl Wächter, deren Beruf es ist, das geringste Anzeichen einer Feuersbrunst, so gefährlich für die hölzernen Häuser, für die engen Strassen Constantinopels, zu überwachen, — sodann vermittelst einer grossen Trommel den

Alarm zu geben, welcher vom Seraskier-Thurm aus, am jenseitigen Ufer des goldenen Hornes, beantwortet wird.

Sogleich donnern Batterien, die durch die Zahl der Schüsse die Gegend des Brandortes anzeigen, während andere Wächter den Thurm von Galata verlassen und unter dem Rufe »Jangur Var« auf die Hauptstrassen eilen, von wo aus andere Wächter die Kunde von der drohenden Gefahr unter demselben Geschrei überall hin verbreiten.

Nachtwächter mit eisenbeschlagenen Keulen, damit auf das Pflaster stampfend, Wasserträger, Saka genannt, Feuermänner, Tulambadschi, Spritzen auf ihren Schultern tragend, Soldaten mit ledernen Leitern, Aexten, und Feuereimern versehen, durcheilen die Strassen, dem schrecklichen Elemente Einhalt zu thun.

In Galata ist nur eine Moschee, dagegen hat es einige katholische Klöster und eine Kirche, sowie mehrere armenische und griechische Gotteshäuser.

In der langen engen Hauptstrasse von niedrigen hölzernen Häusern, deren Erdgeschoss meistens aus Steinen gebaut, und mit eisernen feuerfesten Thüren versehen ist, herrscht ein reges Leben. — Gewölb auf Gewölb, Caffeehäuser, Schenkwirthschaften, Buden der Geldwechsler, Waaren des Gewerbfleisses aller Länder, vom geringsten bis zum grössten, sind hier zu finden, und zeugen von dem ungeheuren Verkehr des Gross- und Kleinhandels.

Nordwärts von Galata liegt die Vorstadt Tophana. Der Brunnen am Markt zieht zuerst unsere Aufmerksamkeit auf sich. Dem Orientalen sind Brunnen heilig. Er weiss mehr als der Europäer den unschätzbaren Werth des Wassers zu ehren; desshalb sind die meisten Brunnen Constantinopels in der Nähe von Moscheen und mit schönen Bauwerken geziert.

Auch dieser in Tophana ist schön, im byzantinischen Geschmack, von Marmor, hat ein ihn überragendes Dach und eine Balustrade, geziert mit Sprüchen aus dem Koran und mit Arabesken. Die Kanonengiesserei, die Artilleriecaserne, deren Dach aus mehren Kuppeln besteht, eine Moschee und ein kleiner Begräbnissplatz, sowie ein Bad, findet sich in seiner Nähe.

Wir begeben uns nun wieder nach Pera, welches sich mit Ausnahme der Hauptstrasse in nichts von den übrigen Stadttheilen unterscheidet. — Die Paläste der europäischen Gesandten, die eleganten Läden, Conditoreien, Caffeehäuser, auf dem Gipfel des Hügels liegend, sowie eine schöne Caserne mit geräumigen Höfen, versetzen uns mit einem Mal nach Europa.

Westlich davon liegt der piccolo campo, ein türkischer Begräbnissplatz mit schönen Cypressen, wo in Caffeehäusern und Gärten des Abends Musik und viele Gäste zu treffen sind.

Nördlich liegt der grande campo, ein besuchter Spaziergang, ehe die Nacht hereinbricht, während le jardin de plantes, in der Hauptstrasse von Pera gelegen, das Rendez-vous der eleganten Welt bis in die späte Nacht ist.

Dieser sowohl, wie die Strassen Pera's, ist, wenn die Sonne nicht mehr ihre Strahlen vom Himmelszelt herabsendet, wohl beleuchtet.

Die Vorstadt Kasim Pascha, westlich von den beiden Vorstädten Pera und Galata gelegen, bietet nichts des Sehenswerthen.

Eine lange Hügelstrasse mit Gewölben, deren Eigenthümer Europäer sind, namentlich Kleiderhändler und Pester Israeliten, mündet fast unmittelbar an der Schiffbrücke, die über den Bosporus führt.

In dieser Hügelstrasse ist ein Kloster, bewohnt von Derwischen der Mewlewi-Secte (die Tanzenden). Jeden Freitag begehen diese ihre religiöse Andacht, welche darin besteht, dass sie Allah durch Tanz und Musikbegleitung verehren.

Schach Mewlania Dschehaleddin Rumi, der König der Gelehrten, Suttah el Ulema, gründete ihre Mysterien im 14. Jahrhundert, und diese bestehen darin, dass die Derwische zuerst an den Wänden oder vielmehr an den Balustraden des inneren Raumes ihrer Moscheen (der einem mittelmässig grossen Tanzsalon gleich ist), sitzen und Lobgesänge zu Ehren Allahs singen, während der Schah, ein ehrwürdiger Greis, mit dem Gesichte nach Mekka, in ihrer Mitte auf einem Teppich sitzt.

Nach vollendetem Gesang erheben sich die Derwische, mit Ausnahme des Schah, von ihren Sitzen, entkleiden sich ihrer braunen Hüllen und beginnen nun in weisser Kleidung, das Haupt mit grauen konisch geformten Filzhüten bedeckt, an dem Schah vorüber zu ziehen, sich vor ihm zu verneigen, sich auf den Fersen herumzudrehen, ohne ihm den Rücken zuzuwenden, und beginnen nun den Tanz, der darin besteht, dass sie sich mit ausgespreizten Armen immer schneller und schneller kreiselartig drehen, plötzlich stehen bleiben und wieder beginnen. Die Augen haben sie geschlossen, wodurch sie es wahrscheinlich verhüten vom Schwindel ergriffen zu werden. Auf einer Gallerie dem Schah gegenüber, sind einige andere Derwische, die theils singend, theils auf türkischer Zither und Trommel lieblich schallende Weisen spielend, den Tanz begleiten.

Die Zeugen dieser eigenthümlichen Gottesverehrung müssen selbstverständlich nach türkischer Sitte die Schuhe ausziehen, oder reine Pantoffel, ehe sie das Innere betreten, anziehen.

Diese Derwisch-Secte ist die geachtetste; sie zeichnet sich durch Gelehrsamkeit und verständige Haltung vor allen andern aus, und Fremde werden nicht wegen Almosen in Anspruch genommen.

An der Börse, ein unansehnliches Gebäude, vorüber, überschreiten wir, nachdem wir das Brückengeld erlegt, die Brücke, in deren Mitte eine Schwimmschule ist, und begeben uns nach Stambul, dem alten Byzanz, wo wir das europäische Element fast gar nicht vertreten finden. Gegen Osten liegt der Bosporus, gegen Westen hin die Häusermasse der eigentlichen Stadt, umgürtet von der zerfallenen dreifachen Mauer, — gegen Süden der Marmora-See und gegen Norden der Hafen und das goldene Horn.

In der Nähe des Hafens herrscht grosses Gewühl. Verkäufer drängen sich an Verkäufer; Gewölbe folgt auf Gewölbe; Gemüse, Früchte verschiedener Art sind aufgehäuft; Lastträger durcheilen die Volksmenge, ihren schrillenden Warnungsruf ausstossend; rücksichtslos sprengt ein Eunuch auf seinem Rosse einher; Bettler verlangen Almosen, und ruhig mit unverändertem Gleichmuth sitzt der Türke in seinem Gewölbe oder vor dem Caffeehaus und schmaucht seinen Tschibuk oder Narghileh.

Je tiefer wir in das Innere Stambuls dringen, desto ruhiger wird es, desto seltener ist ein Europäer sichtbar. Ganze Strassen hindurch finden wir nur Gewölbe oder Werkstätten derselben Gewerbtreibenden.

Die Strassen sind hier reinlicher, die Häuser haben hier mehr das Gepräge des Orients als in den Vorstädten.

Dass dieses Stadtviertel fast ausschliesslich von Türken bewohnt ist, künden die verschlossenen Häuser und vergitterten Fenster, sowie die vielen herrenlosen Hunde. Hier herrscht Stille und Ruhe; dann und wann sehen wir eine verhüllte Frauengestalt mit gelben Pantoffeln, Kinntuch und Schleier. Da, wo diese Frauen keine

Schleier tragen, wohnen Armenier; in den engsten abgelegensten Strassen wohnen Juden; und da wo wir wieder eine grössere Anzahl von Gewölben finden und grössere Betriebsamkeit herrscht, ist ein griechisches Stadtviertel.

Die längste Strasse, in welcher sich die Paläste des Patriarchen von Jerusalem und des von Constantinopel befinden, und die meistens von Griechen bewohnt wird, ist die, welche vom Bosporus, vom Ahar Kapussi (Thor) zum Silivri-Kapussi an der alten Mauer führt. In der Nachbarschaft des letzteren liegt das griechische Kloster zur heiligen Jungfrau, türkisch Balukli genannt.

In ihrer unmittelbaren Nähe ist eine Quelle mineralhaltigen Wassers, von welcher die Legende erzählt, dass hier ein griechischer Mönch damit beschäftigt war, Fische zu backen an dem Tage als Mahomet II. Constantinopel eroberte.

Bei der Nachricht, dass der Türke seinen triumphirenden Einzug in Byzanz halte, soll dieser Mönch ausgerufen haben: das ist ebenso unmöglich, wie das Wiederaufleben meiner Fische und deren Herausspringen aus der Bratpfanne. Doch kaum hatte er so gesprochen, als zu seinem Erstaunen die Fische lebendig aus der Pfanne in den neben ihm stehenden mit Wasser gefüllten Kübel sprangen. (Si non è vero, è bèn trovato.)

Die Kirche ist eine der sehenswerthesten, wenn auch der Styl, in welchem sie erbaut wurde, ein unregelmässiger ist; sie besitzt namentlich eine Kanzel mit schönen Skulpturen verziert.

Wir begeben uns aber vor allen Dingen in den Bazar, ein Gebäude so originell und von so grossem Interesse, wie es keine andere Stadt aufzuweisen hat. Auf unserem Wege dahin, besuchen wir zuvor einen kleineren Bazar, Misr-Tscharschi, wo nur Specereien und Droguen verkauft werden, die dessen benachbarte Strassen schon mit so starken Wohlgerüchen erfüllen, dass sie Kopfwehe verursachen.

Bazars oder Marktplätze hat Stambul viele, sie sind entweder bedeckt (Besetzan genannt, von Bes, Leinwand) oder unbedeckt, Tscharschis. — Der grosse Besetzan ist ein wahres Labyrinth von überwölbten Haupt- und Seitengassen, in denen sich ein Fremder nur mit Mühe zurecht- und herausfindet.

Waaren jeder Art und aller Länder sind hier in kleinen und grösseren Gewölben aufgehäuft. Hier herrscht zu jeder Zeit des Tages das Gewühl geschäftigen Treibens, und wir entlehnen die folgende Beschreibung einem französischen Werke, da wir nicht im Stande sind, eine treffendere zu liefern.

Vereinigt alle Gewölbe des Palais royal und der rue Vievienne, häufet ohne Wahl Waaren auf und legt sie auf Bretter auf offener Strasse; verwandelt eure eleganten Handlungsdiener in alte Türken, ernst, bärtig und Turban oder Fess tragend; oder macht daraus Armenier mit Kapaliks bekleidet und mit rosiger

Gesichtsfarbe. Vereinigt alles dies, und ihr werdet dann einen Begriff von dem grossen Bazar in Constantinopel bekommen. Er ist eine Stadt unter Einem Dache. Ihr könnt in derselben einen ganzen Tag oder mehre Tage hintereinander umherwandern, tausend Seitenwege einschlagen, von einer Gasse in die andere gehen, auf- und absteigen ohne euch zurechtzufinden.

Ihr Dach ist so hoch wie das unserer dreistöckigen Häuser, und das hereinfallende Tageslicht so gemildert, so vortheilhaft für den Verkäufer, gelangt mit Mühe hinein vermittelst einer Laterne, die nur vom Regen abgewaschen wird.

Unendliche Unterhaltung gewährt es, in diesem Bazar umherzuwandeln. Man kann nicht rasch vorwärts schreiten, denn die Säulengänge sind so überfüllt, wie die einer Kirche, wenn die Predigt zu Ende ist.

Hier begegnen wir türkischen Frauen, leicht einherschreitend in ihren gelben Pantoffeln, das Gesicht bis an die Augen verhüllt; dort einer wohlbeleibten Sclavin, die ein Kind trägt; etwas weiter einen Kerwasch bis an die Zähne bewaffnet, einem türkischen Beamten, der ihm folgt, Bahn machend.

Inmitten dieses bunten Gedränges kann man nichts thun als die Ellenbogen an sich zu drücken und sich weiter treiben zu lassen, wie es eben dieser Volksmenge beliebt.

Die Gewölbe sind meistens 6 Schuh breit, und 3—4 Schuh tief. Der Eigenthümer sitzt mit gekreuzten Beinen auf einer Pritsche und zeigt Alles was man zu sehen wünscht, ohne seinen Platz zu verlassen. Diese Pritsche ist zwei Fuss hoch und erstreckt sich durch die ganze Gasse vor den Gewölben, die nur durch eine dünne Bretterwand von einander geschieden sind.

Der Käufer setzt sich ebenfalls auf die Pritsche, um sich gegen das Gedränge zu schützen, und der Kaufmann breitet die Waare auf seinen Knieen aus, und öffnet nur den Mund um den Preis anzugeben.

Wenn er die Worte buono oder kalo, die einzigen welche ein echter Türke von den occidentalischen Sprachen kennt, spricht, so wird er von seinem Nachbarn für ein Wunder von Gelehrsamkeit gehalten.

In dem Mittelpuncte des Bazars befindet sich der eigentliche Besetzan. Man gelangt in denselben von verschiedenen Seiten durch eben so viele massive Thore, welche nur von 7 Uhr Morgens bis Mittags geöffnet sind. Hier ist das eigentliche Herz Constantinopels, die Seele und die Citadelle des Mohametismus. Hier werden nur Waffen und Gegenstände von grossem Werth verkauft.

Das Dach ist höher und das Tageslicht fällt noch sparsamer hinein als in die andern Theile des Bazars. — Die Kaufleute, welche dessen Gewölbe inne haben, geniessen einen unbeschränkten, grossen Credit.

Ueberall Damascenerklingen, deren Griffe mit kostbaren Steinen geziert sind und in kostbaren Scheiden ruhen, prachtvolle Dolche, Gewehre, eingelegt mit Silber und Gold; und die Augen des Besuchers, schweifend durch die so ungeheure düstere Halle, erblicken eine Reihe ehrwürdiger, graubärtiger Türken mit schneeweissen Turbanen; Türken aus der Vorzeit, die sich nicht den Neuerungen des Sultans Mahmud unterworfen, die keinen Fingerbreit von den Sitten des Orients gewichen.

Hier sind die Opiumesser, welche selbst schlafend rauchen, die nicht einen Tropfen Wein trinken, und würde er ihnen von den Huris des Paradieses credenzt.

Hier sind die Fatalisten, welche sich nicht bewegen würden, bedrohe sie auch ein Löwe, und die fest von dem Wunder des Sarges Mahomet's überzeugt sind wie von der Länge ihrer Pfeife.

So lauten die Worte des Franzosen, und wir fügen nur hinzu, dass in dem Bazar ebenfalls die türkische Sitte herrscht, dass in jeder Strasse nur Waaren derselben Art zu finden sind, und dass seit dem letzten Kriege gegen die Russen vieles und manches hier, wie allgemein in Constantinopel und unter den Türken, anders geworden ist. Der lange Aufenthalt der französischen und englischen Soldaten hat nicht wenig dazu beigetragen, manches Vorurtheil zu untergraben, Spitzen stumpfer zu machen oder feiner abzuschleifen. Der alte Türke wird immer seltener und der Europäer immer weniger ein Gegenstand des Staunens und der Neugierde.

Wir besuchen dann ein türkisches Bad. Sei es Tochtikahla in der Nachbarschaft von Misr-Tscharschi; das Bad (türkisch Hammam) Mahmud-Paschas, ganz nahe bei dem grossen Bazar, welche die grössten sind, aber meistens nur von den untern Schichten der Bevölkerung benützt werden; oder das von Dscherrah Pascha nächst dem Awret Bazar; das Bei Tschukur über den Ueberresten der arkadischen Cisterne von Mahommet II. erbaut; das Dschigal Oglu, auch Jenni Hammam genannt, nördlich und in der Nähe der Santa Sofia gelegen, oder endlich das Walide Hammam in der Nähe der verbrannten Säule.

Diese Bäder sind leicht erkenntlich durch die Vorhänge, welche die oft bemalten weiten Thüren theilweise bedecken, — durch Röhren, welche die Kuppeln aus leichten Ziegeln überragen, sowie durch den Umfang der Gebäude selbst.

Das nahe dem Bazar Awret gelegene Bad, von seinem Erbauer auch das des Mustapha Pascha genannt, ist eines der prachtvollsten. Das Gebäude selbst ist in der Form eines Parallelogramms aus Quadersteinen erbaut, mit zwei Kuppeln versehen, von denen die eine viele Oeffnungen hat, und die andere oben ganz offen ist, so dass der Regen in einen marmornen Behälter fällt.

Die Badewannen sind mit Marmor verschiedener Farben gepflastert, um die Wände laufen Bänke und in der Mitte ist ein grosser mit Wasser gefüllter Behälter. Die Wölbung wird von mit Bildhauerarbeit versehenen mächtigen Säulen getragen, und überall sind kleinere Wasserbehälter angebracht, die man vermittelst eines Hahnes nach Wunsch füllen kann.

Der Herr oder Vorsteher des Bades, Hammandschi,

empfängt mit orientalischem Grusse den Badegast im grossen Vorgemache, Dschamakian, das eine hölzerne Gallerie mit Ruhebetten enthält. Ein Diener, Fellak, nimmt die Schuhe in Empfang, man begibt sich auf die Gallerie, entkleidet sich, gibt in die Obhut des Fellak alles Kostbare, und wird gänzlich in Tücher, aus Baumwolle gewebt, eingehüllt. Dann steigt man wieder hinab, schlüpft in hölzerne Pantoffel, und gestützt auf zwei Diener, meistens Knaben, tritt man aus der Dschamakian in den ersten Dampfsaal, Sankluk, und dann in das heisse Sidschaklik. In dem ersteren hält man sich nur so lange auf, bis die Poren geöffnet sind, dann erst wagt man sich in die Hitze von oft 130° Fahrenheit. Fast ganz nackt nimmt man neben einem Behälter, mit Hähnen versehen, Platz. Der Badediener beginnt den Körper zu reiben und mit lauem Wasser zu überschütten. Dann löst er Seife in einem Gefässe auf, überschüttet damit den Körper, spült den Seifenschaum ab, umhüllt des Badenden Kopf und Körper und führt ihn wieder auf die Gallerie; dort legt man sich wohlzugedeckt auf ein Ruhelager, ein Badediener bringt uns einen Tschibuk oder Narghileh, Caffee oder Scherbet dazu, ein zweiter Diener beginnt die Glieder zu kneten, und der Badegast befindet sich in dem Zustande der grössten Behaglichkeit, so lange ausruhend, wie es ihm gefällt. Endlich kleidet man sich wieder an, zahlt 5 Piaster (50 Neukreuzer), genügt den vielen Anforderungen um ein Trinkgeld (Backschis) und verlässt das Bad, sich leicht und wohl fühlend.

In der Nachbarschaft der Bäder findet man auch Khans, deren Constantinopel an 200 hat. Diese sind grosse Herbergen, wo der einkehrende Reisende ein Zimmer, das er selbst bewohnbar machen muss, kostenfrei erhält.

Nur die Diener beanspruchen ein Trinkgeld.

Wir besuchen nun die sehenswerthesten Moscheen in Stambul, da die übrigen sich fast in nichts von einander unterscheiden und da, wenn man eine gesehen, man alle gesehen hat.

Constantinopel hat 16 kaiserliche Moscheen, Dschami Es Salatin, und nahe an 150 Capellen, Medschid genannt.

Wenn nun auch die Aja Sofia als Moschee betrachtet, von einigen andern an Schönheit übertroffen wird, da die frühere Cathedrale des griechischen Kaiserreichs in ein mohamedanisches Bethaus umgestaltet, kein harmonisches Ganzes in architektonischer Schönheit liefert, so beginnen wir dennoch mit derselben, da sie durch ihr Alterthum und ihre geschichtliche Bedeutung für den Europäer das meiste Interesse hat.

Santa Sofia wurde in länglicher Form und aus Holz, von Constantin dem Grossen zu Ehren der Allweisheit Gottes erbaut. — Während der Regierung des Kaisers Arcadius von einer Feuersbrunst in Asche gelegt, liess sie dessen Sohn Theodosius prachtvoller als zuvor wieder aufbauen. — Wieder wurde sie die Beute der Flammen, während der grossen Empörung

La Mosquée de Sainte Sophie et la fontaine du Sérail.

gegen Justinian, als 35.000 der empörten Griechen dem Racheschwert seiner Feldherrn Belisar, Mundus und Narses als Opfer fielen. — Justinian, schon unsterblich durch seine Gesetzbücher, gab nun den beiden Architekten Anthemius von Tralleos und Isidor von Mileth den Auftrag, Sta. Sofia in der herrlichen Gestalt, die man heute noch bewundert, zu erbauen.

Anthemius liess die eine Kuppel, von 4 Arkaden getragen, wölben, und vereinigte in der Form des christlichen Kreuzes, Schönheit und ausserordentliche Zierlichkeit, imposant durch ihre grosse harmonische Einfachheit.

Der Bau war 535 begonnen und 546 vollendet worden. Aber 559, im 32. Jahr der Regierung desselben Kaisers, stürzte die Kuppel in Folge eines Erdbebens ein, und wurde von einem Neffen des Architekten Isidorus wieder erbaut, so wie sie jetzt noch steht, 20 Schuh höher, oval, während sie früher sphärisch war, und getragen von 8 grossen Granitsäulen, 45 Fuss hoch. Diese Säulen sind durch Bogen verbunden, auf welchen die erste Gallerie der Katechumenen gebaut wurde.

Auf dieser Gallerie stehen wieder 12 kleinere Säulen, 6 auf jeder Seite, die als Stützpuncte der Wölbungen für die 2. Gallerie dienen.

Ein grosser Halbcylinder, gegen Osten, stösst an die grosse Kuppel und bildet drei kleine Halbkreise, deren mittlerer der Hochaltar war. Der Theil gegen Westen ist dem östlichen gleich, mit dem Unterschied jedoch, dass die mittlere Halbkuppel, unter der sich die drei Eingänge befinden, nicht concav ist, sondern sich in eine rechtwinkelige Wölbung endigt.

Im Innern des Tempels befinden sich 40 Hauptsäulen, welche die Kuppeln, die Bogenwölbungen der grossen Kuppel, der Halbcylinder und die erste Gallerie tragen.

Auf diesen Hauptsäulen ruhen 60 andere Säulen, oberhalb der ersten Gallerie. Ausserdem sind noch 8 Säulen vorhanden, auf welchen die Säulenhallen der grossen Vorhallen am Eingang ruhen.

In der Mitte der 60 Fuss breiten Gallerien sind die 8 Porphyrsäulen, alle gleich gross, welche ehemals den Sonnentempel zu Rom zierten.

Sechs Säulen von grünem Jaspis, aus dem Tempel der Diana zu Ephesus, — 4 andere aus blendendweissem Marmor, schmücken noch jetzt den ehemaligen christlichen Dom.

Oberhalb der Säulen der ersten Gallerie läuft eine Blumenguirlande und Muschelverzierung aus Jaspis, Porphyr und Ophyr, so wie um die Säulen der ersten und zweiten Gallerie, wieder zwei Gallerien mit Balustraden aus schön gehauenem Marmor sind.

Unter der grossen Kuppel oberhalb der Gallerien bemerkt man noch ein vermauertes Bogenfenster, und der Theil der Kuppel über diesem Fenster war ganz bedeckt mit vergoldetem Glaswerk. Alle sonstige Bildhauerarbeit, Engel und Heilige vorstellend, ist jetzt mit Kalk überworfen.

L'Intérieur de l'Aja Sofia.

Die grosse mittlere Kuppel, und die vier Halbkreise in den vier grossen Säulengängen, bilden ein Kreuz, welches, in Vereinigung mit der grossen Anzahl von Wölbungen, eine beträchtliche Ausdehnung hat.

Alle Verzierungen sind verschwunden; nur eine grosse Anzahl kleinerer Lampen sind hier und dort aufgehängt, so wie der einst so schöne Fussboden von Teppichen bedeckt ist. — Der Vorhof besteht aus 2 Theilen; der obere war für die Katechumenen und Frauen bestimmt, dieser und der untere, 29 Fuss breit, hat drei Eingänge; hier sind ausserdem noch 3 Eingänge in jedem Halbcylinder, aus weissem Marmor mit bronzenen Thoren, auf denen das Kreuz kaum noch sichtbar ist. Die daran stossende Mauer, bis in die Höhe, ist mit dem schönsten Marmor, der in verschiedenen Farben spielt, bekleidet und mit Blumengewinden aus Alabaster verziert.

Ausser diesen neun Thoren, ist noch eines gegen Norden, ein anderes gegen Süden, beide von Erz, mit ausgestochener Arbeit.

Das Aeussere des in eine Moschee umgewandelten christlichen Gotteshauses ist selbstverständlich durch die mit derselben nicht in Einklang stehenden Anbauten verunstaltet.

Die Ueberreste des alten Glockenthurmes lassen errathen, dass er von geringerer Höhe als die nun emporragenden Minarets war. Neben demselben entströmt das Wasser der Cisterne, aus gewölbten Wasserbehältern unter dem ganzen Gebäude bestehend, und die ausserdem noch 3 Ausflüsse hat.

Die Länge der Sta. Sofia beträgt 269' — ihre Breite von Norden nach Süden 243' und die Höhe der Kuppel im Mittelpuncte fast 188 Fuss, und das ganze Gebäude hat die Form eines griechischen Kreuzes, das durch die angebauten Minarets den nun in demselben herrschenden und sich entgegengesetzten Dualismus der früheren und jetzigen Bestimmung beurkundet.

An einer der südöstlichen riesigen Säulen ist ein rother Streifen in sehr bedeutender Höhe sichtbar; diesen soll die in Blut gebadete Hand des Sultans **Mahomet II.** gemacht haben, der in Folge der in der Kirche aufgehäuften Leichname so hoch reichen konnte.

Wir verlassen die Aja Sofia und begeben uns in die Moschee des Sultans Achmet und in die des Sultans Soliman I. — nachdem wir zuvor einige allgemeine Bemerkungen über den Islamismus gemacht haben.

Mohamet, seine Religion gründend, gab ihr einen kriegerischen und frommen Charakter.

Gläubige sollten beten und kämpfen, in der einen Hand den Koran, in der andern den krummen Säbel. Bald gaben die Schaaren, welche dem neuen Glauben folgten, das Nomadenleben auf, und mit den festen Wohnorten entstanden Moscheen, von deren Minarets Priester die Gläubigen zum Gebet rufen.

Aber nicht allein das Gebet und die Moschee wurde das ausschliessliche Gebiet der Priester, sie bemächtigten sich auch der Wage der Gerechtigkeit, sie wurden Richter Der Mohametismus, das jüngste Glaubensbekenntniss der Verehrung eines Gottes, vermengte mit seinen Neuerungen die meisten Institutionen des Christenthums, sowie die des Judenthums, denselben einen fanatischen Charakter verleihend, und mehr der Barbarei der sich zu ihm bekennenden Völker anpassend, es nicht unter seiner Würde hielt, Gebräuche des Götzendienstes beizubehalten. Von dem Letzteren ging die Verhängnisslehre (Fatalismus) und das Opfern von Thieren in die neue Lehre über. — Die christlichen Mönche wurden Derwische; das jüngste Gericht; die Verehrung der Verstorbenen; Fastenzeit, Wallfahrten, der Besuch heiliger Orte; die in Waschungen verwandelte Abspülung nach der priesterlichen Communion, wurden dem Katholicismus entlehnt; die Beschneidung, die Abschaffung der Bilder, das Gebet auf freiem Felde dagegen von jüdischen Gebräuchen beibehalten; — und das Paradies, der christliche Wohnort der geistig Seligen, zu einem irdischen geschaffen, wo die erhitzte Fantasie des Orientalen alle irdischen Freuden nur süsser und üppiger wiederfindet.

Die Fastenzeit der Türken heisst Ramadan, während welcher, so lange sie auch dauert, sie nichts geniessen, von Sonnenauf- bis Niedergang, als Caffee, und sich durch nichts erquicken, als durch ihre Pfeife. — Sodann folgen die türkischen Ostern, der Beiram, die Zeit der Feste und der Freude. — Ueberall ertönen die Laute der türkischen Cither und Trommel, nach denen der sonst so ernste Türke sich dreht und im Tacte die Erde mit den Füssen schlägt. — Glückwünschend umarmt man sich und spricht voll Entzücken von den Wonnen der folgenden Nacht.

Die ersten silbernen Strahlen des Mondes entfallen dem Himmelszelt; mit ihnen ist der Ramadan zu Ende und der Beiram beginnt.

Imans auf den höchsten Spitzen der Minarets, verkünden das Erscheinen des Mondes mit lauter Stimme, und ein Freudengeschrei durchzittert die mohamedanische Bevölkerung, von einem Ende der Stadt zum andern.

Die Aja Sofia, die Achmetje, die Solimanje, erglänzen im Scheine von unzähligen Lämpchen, von Innen und Aussen.

Sämmtliche türkische Schiffe im Hafen, oder im Bosporus vor Anker liegend, leuchten weithin auf gleiche Weise, und der Donner der Kanonen verkündet das Ende der Fastenzeit, der religiösen Trauer, und den Beginn des Festes.

Am folgenden Morgen durcheilet die Strassen die türkische Bevölkerung im Festgewande. Jeder hat aus dem Schreine das Beste was er besitzt geholt. Freunde begrüssen und umarmen sich. Heute genügt es Türke zu sein; der Reiche drückt zärtlich dem Armen die Hand, — der Vornehme dem Niedrigen; sie sind alle Brüder im Propheten, dessen Ruhm die Worte der überall erschallenden Gesänge preisen und verkünden.

Mit Mühe nur ist es möglich sich einen Weg durch die engen Strassen Stambuls zu bahnen.

Eine zahllose Menge, in der fast alle Nationalitäten des osmanischen Reiches vertreten sind, zusammengesetzt aus Männern, Weibern und Kindern in den buntesten orientalischen Trachten, drängt und wälzt sich nach der Moschee des Sultans Achmet, in welche der Grossherr sich begibt, umringt von seinem Stabe und allen Würdenträgern des Reiches. — Regimenter mit voller Musikbande, die Zöglinge der verschiedenen Militärschulen, Trommeln und Pfeifen an ihrer Spitze, durchziehen die Strassen.

Die Frauen des Harems in runden, mit grellen Farben und reichen Vergoldungen verzierten Wagen, escortirt von auf prächtig geschirrten Rossen sitzenden Eunuchen, schlagen dieselbe Richtung ein, und eilen einen guten Platz zu erhalten, um den glänzenden Zug anzusehen, in welchem sich der Sultan befindet, er allein zu Pferde, während alle Andern bunt gemischt in glänzender Kleidung, ihn umgeben. — Er zieht vorüber, — er betrachtet Niemanden, — keiner grüsst ihn, denn er ist zu gross um einen andern Sterblichen eines Blickes zu würdigen; jeder andere zu niedrig, um es wagen dürfen den Blick zu ihm, dem erhabenen Beherrscher der Gläubigen, zu erheben.

Den geräumigen inneren Raum der Moschee, deren Boden mit Teppichen belegt ist, füllen die vornehmsten Scheik der kaiserlichen Moscheen, Khatiben in prachtvoller Kleidung, Muezlims, Imans mit weissem Turban und grünem Talar, Derwische jeder Secte und jeden Ranges.

Einer der ersten Imans ist allein vor dem Altar (Mihrab), zu dessen Seite 2 sehr grosse Leuchter stehen, der Sultan nebst seinem Hofstaat ist auf seinem Gebetsplatz, seine Mutter und seine vornehmsten Frauen haben sich in die mit Gitter versehenen Logen begeben. Alles schweigt, — da beginnt der vor dem Mihrab stehende Iman die Gebete, welche die Muezlims wiederholen. Dann steigt ein Khatib auf die Kanzel, und die Predigt beginnt. — In dem kreisförmigen Raum hinter dem Mihrab befindet sich eine Menge Andächtiger, in ein Schweigen versunken, das ihre Abgezogenheit von allen irdischen Gedanken bezeugt. Und nur wird von Zeit zu Zeit, mit dem Ausdrucke der grössten Andacht, das Wort „Allah" mit dumpfer Stimme ausgesprochen.

Die Achmetje, oder Moschee des Sultans Achmet, ist eine der prachtvollsten in Constantinopel. Sehr grosse Vorhöfe, umgeben von schönen Säulenhallen, führen in dieselbe. In diesen Vorhöfen findet man sehr schöne Springbrunnen, mit deren Wasser sich die Gläubigen vor dem Gebete waschen.

An den inneren Wänden sind mehr als 200 Gemälde oder goldene Tafeln mit dem Namen des Propheten und mit Koransprüchen angebracht, und dieselben sind mit kostbaren Steinen verziert.

Ein grosser Luster von ausgezeichneter Arbeit, mit

Krystall-Kugeln und Straussen-Eiern geziert, erleuchtet den erwähnten kreisförmigen Raum hinter dem Altar, welcher nach Mekka hin gerichtet gestellt ist.

Vier riesige Säulen tragen die Kuppel, deren eine jede einen Umfang von 72' hat und aus drei Stücken zusammengesetzt ist. — Diese Moschee hat ausnahmsweise 6 Minarets; die Aja Sofia hat nur vier; und hier, im Jahre 1826 hat Sultan Mahmud seinem Volke mitgetheilt, dass der Entschluss die Janitscharen zu vernichten, zur Ausführung reif sei.

Da die Achmetje auf dem Hyppodrome, türkisch At-Meidan liegt, so werden wir von demselben zuerst reden.

Auf demselben wurde die Vernichtung der Janitscharen vorzüglich ausgeführt, und dieses blutige schreckliche Ereigniss findet man noch auf allen Denkmälern des At-Meidan verzeichnet, so wie die vom Feuer geschwärzte Mauerüberreste, die Kuppel einer halbzerstörten Moschee, Trümmer anderer Gebäude von den geschehenen Gräuelthaten sagen.

Von den vielen Denkmälern welche diesen, den gymnastischen Spielen und Wettrennen der Griechen, geweihten Platz zierten, sind noch übrig geblieben:

1. Der Obelisk des Kaisers Theodosius aus egyptischem Granit 50' hoch. Hieroglyphen sind auf den 4 Seiten eingegraben und sein Säulenfuss mit Trophäen und Inschriften in lateinischer und griechischer Sprache versehen.

2. Der in geringer Entfernung von dem ersteren stehende, aus mehreren Stücken zusammengesetzte Obelisk, früher mit ehernen Platten bedeckt, die höchst wahrscheinlich von grossem Kunstwerthe gewesen; und

3. Die an 16′ hohe Schlangensäule, die aus dem Tempel zu Delphi stammt. Der Säulenschaft, welchen drei spiralförmig gewundene Schlangen bildeten, war von ihren Köpfen gekrönt, auf welchen der Dreifuss ruhte.

Auf dem At-Meidan war das Gebäude der 1863 stattgefundenen Gewerbe-Ausstellung errichtet.

Die Solimanje oder Moschee des Sultans Soliman I. ist die schönste unter Allen.

Soliman der Grosse, der Prachtvolle, der Eroberer, der Gesetzgeber, wie ihn die Türken nennen, der Schrecken der Christenheit, der Eroberer Hungariens, Arabiens und Afrika's, der Sieger zu Rhodus und in Persien, war der gehorsame Sclave eines ehrgeizigen, grausamen Weibes, einer gewesenen Sclavin, der seiner Sultanin Roxelane.

Um ihrem eigenen Sohne die Thronfolge zu sichern, wurde Mustapha, der Sohn einer ihrer Nebenbuhlerinen in das Lager seines Vaters entboten und hier auf sein Geheiss, von den stummen Sclaven erdrosselt. — Da wo diese Gräuelthat geschah, im selben Augenblicke, fasste Soliman den Entschluss, ein Gebäude zu Ehren seines Gottes zu errichten.

Dieses Gebäude wurde 1550 begonnen und 5 Jahre

La Mosquée de Soliman.

später vollendet. Seine Gestalt ist viereckig, seine Länge 234' — und seine Tiefe 227'.

Die Hauptkuppel ragt zwischen hohen schlanken Minarets hervor, deren Gallerien mit vorzüglich schönem Schnitzwerk verziert sind; sie wird von vier Säulen gestützt, zwischen denen wieder vier stehen, welche in Constantinopel die grössten sind, mit Capitälern aus weissem Marmor versehen. Der Umfang am Fuss ist 13 Schuh. Zu beiden Seiten der Kuppel (um 20' die der Aja Sofia überragend) sind Halbkugeln, deren jede wieder auf 2 kleineren ruht.

Sechs Säulen aus egyptischem Porphyr, von aussergewöhnlicher Grösse, schmücken die Vorderseite.

Eine der Thüren hat die Inschrift: „Dieses Gotteshaus wurde erbaut für die wahrhaft Gläubigen von dem glorreichen Vertreter Allahs, dem 10. der ottomanischen Kaiser, dem Gesetze des h. Korans gemäss. Möge das kaiserliche Geschlecht auf dieser Erde nie eine Unterbrechung erleiden und möge es im Paradies die unaussprechlichen Wonnen geniessen, die Gott dem Gerechten bewilligt." — Dann ist auch die Zeit der Erbauung und der Name des Erbauers verzeichnet.

Im Innern sind zwei prachtvolle Mausoleen, Turba genannt, in welchen die Gebeine des Soliman und der Roxelane ruhen. Ein Turban mit kostbaren Steinen besetzt, zeigt das des ersteren an. Neben dem Sarkophag findet man einen Koran, in welchem täglich ein Iman Gebete für die Ruhe des Verstorbenen liest.

Ein Hof, auf jeder Seite 1000 Schritte lang und mit 10 Eingängen versehen, umgibt die Moschee, den Haram (Vorhof) und den dazu gehörigen Begräbnissplatz.

Zwanzig Stufen führen gegen Norden in ein Bad. Volksschulen, Schulen für die 4 orthodoxen Secten des Mohamedismus, eine für Aerzte, — eine Bibliothek, eine Küche, aus welcher Arme gespeist werden, und ein Khan, befinden sich in den weitläufigen Nebengebäuden.

Die Moschee, im Jahre 1498 vom Sultan Bajazet erbaut, hat 10 Säulen aus grauem Stein. In derselben nisten und werden bei einer Million Tauben gepflegt.

Wir erwähnen nur noch der Moschee Sultans Mohammed II., die auf dem vierten der sieben Hügel Constantinopels erbaut ist, und zwar auf einer Terrasse 12' hoch, in einer Höhe von 164 Fuss. Drei Seiten des Haram (Vorhof) haben Säulenhallen mit Kuppeln aus Granit und Marmor. Cypressen umstehen den Brunnen im Vorhof.

Die zu den Moscheen gehörenden Begräbnissplätze heissen Bostan (Gärten). Solche, Schulen, Bäder, Armenküchen, so wie Springbrunnen, sind in allen grösseren Gotteshäusern der Islami zu finden.

In der Nähe der Bajazidje, besuchen wir den gewesenen Sclavenmarkt, der nun fast verödet ist, mit seinen hölzernen Verschlägen, in denen nur wenige Negerinnen zum Verkaufe ausgesetzt werden, da der Handel mit Harems-Candidatinnen gegenwärtig in einigen Strassen von Tophana, hinter verschlossenen Thüren betrieben wird. Hier finden wir auch die sogenannte

Le tombeau du Sultan Mahomed à Brousse (Asie-mineure).

La cîterne de 1001 Colonnes.

verbrannte Säule, türkisch Kekavmeni Stili. Dass sie von Porphyr war, und viele Inschriften hatte, ist nicht mehr erkenntlich.

Der Platz wo sie steht, heisst jetzt Tzember Tassi, und war früher das Forum.

Von hier aus begeben wir uns in das Mausoleum des Sultans Mahmud II., der hier mit seinen Töchtern und Schwestern ruht.

Das Innere des Denkmals ist aus Marmor, das Ganze prachtvoll und sehenswerth.

Die Cisterne der 1001 Säulen (Bim Bir-Direck) war eines jener unterirdischen Behälter, die das alte Byzanz mit Wasser versahen, aber jetzt ausgetrocknet, der Aufenthalt einiger jüdischen und armenischen Seidenspinner ist. Es sind nur noch 212 Säulen vorhanden, deren jede aus 3 Schäften mit Capitälern besteht, und deren Grundlage in Schutt und Trümmer begraben ist. Die Oberfläche der Cisterne ist 20.000 □ Fuss gross und konnte 1,237.000 Kubikfuss Wasser enthalten. Die vielen Inschriften auf den Säulen hat der Zahn der Zeit fast unkenntlich gemacht. Diese und die Cisterne Jere-Balon-Serai (der unterirdische Palast) noch mit Wasser gefüllt, sind die allein übrigen.

Ein Gang, dessen Wölbung von 336 Säulen aus Marmor verschiedener Ordnung getragen wird, führt zu diesem Behälter.

Wir besuchen nun die alte Kirche der heiligen Irene, in welcher das zweite Consilium unter Theodosius gehalten wurde, und die jetzt als Zeughaus und Museum für Alterthümer benützt wird.

Hier sehen wir Helme, Schilde, Panzer, Armschienen, Standarten der Franken und Lateiner aus den Zeiten der Kreuzzüge; griechische, alte türkische Waffenstücke; eine Sammlung von Statuen (aus Holz geschnitten und in Lebensgrösse) der Janitscharen; das Grabmal des heil. Chrysostomus u. s. w.

Das Serail mit seinen Gärten, Palästen und sonstigen Sehenswürdigkeiten, ist im Jahre 1863 eine Beute der Flammen geworden, — und nur Trümmer zeugen von dessen ehemaliger Pracht und Grösse.

Unser nächster Besuch gilt der türkischen Vorstadt Scutari. Wir bestimmen einen Donnerstag, um zugleich Zeuge der Mysterien der heulenden Derwische zu sein, und benützen eines der kleinen Dampfboote, welche jede halbe Stunde während der Tageszeit verkehren.

Auf einem Vorgebirge, welches die alten Griechen das Vorgebirge des Ochsen nannten, weil hier Jo, um den Nachstellungen der eifersüchtigen Juno zu entgehen, die Gestalt einer Kuh annahm und über die Meerenge schwamm; welchem Vorgebirge jedoch die neuern Griechen den Namen des grossen Vorgebirges gaben, — ist Scutari im höchsten Grad malerisch gelegen, jetzt eine Vorstadt Constantinopels, früher die Stadt Chrysopolis.

Hier ganz in der Nähe vermengen sich die Gewässer der Meerenge mit denen der Marmorasee, und bilden einen ewigen Strudel, der braust und zischt, wenn auch

Kiz-Koulasi. — La tour du Léandre, ou la tour de la vierge.

die Wellen des Meeres in seiner nächsten Umgebung ruhig wie am schönsten Sommertage dahingleiten.

Hier zeigen sich dem Auge in anmuthiger Abwechslung Kiosks, Grotten, Gärten, Häuser, welche terrassenförmig den Hügel schmücken, auf welchem Scutari sich erhebt; — man erblickt die umfangreiche Moschee mit ihrer Kuppel und ihren Minarets, und weitläufige Casernen.

Auf einem Felsenriff steht der Jungfrauen-Thurm, türkisch Kiz-Kulessi, ehemals Damalis oder Arcla genannt, ein gewesenes Mausoleum, da hier der atheniensische Feldherr Chares seine Gattin Damalis begraben liess, die ihn auf seinem Feldzuge gegen die Flotte Philipp's von Macedonien begleitet hatte und starb.

Die Moschee, zu der wir zuerst gelangen, ist ein grosses Gebäude mit einer verhältnissmässig kleinen Kuppel und zwei Minarets, mit den dazu gehörigen Höfen und Nebengebäuden.

Wir besteigen Pferde und begeben uns durch die engen Strassen von Scutari, in denen wir mehr Turbanen als in Stambul begegnen, immer bergauf bis auf den Gipfel des Berges Bulglurlu, von dem wir eine herrliche Aussicht geniessen.

Ein wenig unterhalb dem Gipfel ist ein Brunnen herrlichen Wassers, Dschamlia genannt, von welchem der Sultan trinkt, der auch einen kleinen Kiosk sich hier erbaut hat.

Ein Kastanienbaum, zwei Linden und drei Platanen breiten hier ihre schattengebenden Aeste aus, und laden zum Ausruhen ein, während die vorzüglichen Trauben von Scutari und ein Trunk aus dem sprudelnden Quel den müden Wanderer laben.

Wir schlagen einen andern Weg zur Rückkehr ein. Schöne Villen, eine geräumige Strasse, lassen wir hinter uns; wir besuchen die schönen Casernen, den Begräbnissplatz der Engländer, und erblicken den Cypressenhain der grossen „Stadt der Todten" von Scutari, die eine Ausdehnung von mehr als drei Meilen hat.

Da fast auf jedes Grab eine Cypresse gepflanzt ist, die von den Hinterlassenen des Verstorbenen mit grosser Sorgfalt gepflegt und begossen wird, — da die Türken sich auf dem Boden Europa's noch immer nicht heimisch glauben; da endlich ein türkischer Begräbnissplatz nie eine andere Bestimmung erhalten und in dasselbe Grab kein zweiter Todte gelegt werden darf, — so folgt daraus, dass der Türke sich mit Vorliebe in Scutari auf asiatischem Grund und Boden, gleichsam in geweihter Erde begraben lässt, und dass die türkischen Begräbnissplätze von grossem Umfang sind. Jedes Grab in Scutari hat seinen Stein aus Marmor, da sich in dessen Nachbarschaft am Marmorasee ein grosser Steinbruch von Marmor befindet, — mit Namensinschrift in arabischer Sprache, gewöhnlich vergoldet, die der Männer mit Turban oder Fess, die der Frauen mit einem Lotusblatte oder einer Art Quaste versehen.

LE GRAND CIMÈTIÈRE À SCUTARI.

Einige Gräber der Vornehmen sind mit einem vergoldeten Gitterhäuschen, einem Vogelbauer ähnlich, überbaut, und die meisten Gräber mit Blumen geschmückt.

Die Pietät der Türken für ihre verstorbenen Verwandten besteht nur in der Pflege des Denkmals, woraus es immer bestehen mag; — das Begräbniss selbst ist sehr einfach. Keine Verwandten, nicht einmal die nächsten, folgen dem Zug, der aus den Trägern mit der schmucklosen Bahre, aus einem Priester und zuweilen aus Weibern, deren Weinen bezahlt wird, besteht.

Die Seele der Frauen wird nicht für unsterblich, dahingegen der Leichnam Aller für leidend gehalten, so lange er nicht in der Erde ruht, daher auch die Eile, mit welcher die Todten bestattet werden.

Auf dem Begräbnissplatz in Scutari ist auch die gewölbte Grabstätte eines Heiligen, die kein Ungläubiger betreten darf, und an dessen Schrein Gläubige in grosser Anzahl, namentlich Frauen, ihre Andacht verrichten.

Auf den Mauern, welche die Begräbnissplätze einfassen, findet man an schönen Tagen gewöhnlich Frauen mit ihren Kindern, besonders da wo man eine schöne Aussicht hat, — welche sitzend gemüthlich mit einander plaudern und Cigarretten rauchen; so ist es auch in Scutari, unweit von den Casernen.

Nachdem wir diesen ausgezeichnet schönen Cypressenhain fast der ganzen Länge nach durchritten, gelangen wir an eine kleine unansehnliche Moschee, deren

Inneres dem Tanzboden einer Dorfschänke in Einfachheit und Raum gleich ist. Hier werden die Mysterien der heulenden Derwische (Rufui Derwische) gefeiert.

Eine nicht allzuhohe Balustrade umgibt den inneren Raum, der mit Strohmatten bedeckt ist. Neben der Balustrade ist theilweise eine Gallerie, und an derselben so wie an der Wand, sind eine grosse Menge Messer, Beile und andere schneidende Instrumente aufgehängt, mit denen die Derwische oft, ihre Mysterien feiernd, sich weitklaffende Wunden beibringen. Wir haben sie nur heulen gehört.

In der Mitte, rechts vom Eingang, sitzt auf ausgebreitetem Teppich der Scheik, ein alter ehrwürdiger Mann mit grauem Bart.

Jeder der eintretenden Derwische, Männer von verschiedenen Ständen, sogar Soldaten, geht auf den Scheik zu, küsst den Saum seines Kleides, die Vornehmen umarmen ihn, indem sie sich gegenseitig auf den Rücken einen Kuss geben, — entkleiden sich dann bis auf Hemd und Beinkleid, und stellen sich dem Scheik gegenüber in einer dichtgedrängten Reihe auf. — Vor ihnen sitzen auf einem Teppiche die Vorsänger.

Dann beginnen sie ihren frommen Gesang, sich rechts, links und zuletzt vorwärts mit dem ganzen Körper neigend, und den Gesang, der für uns Europäer gleich unartikulirten Lauten klingt, ausstossend; zuerst langsam, dann mit immer zunehmender Raschheit, die Bewegungen gleiches Mass haltend, bis zuletzt der Gesang zum Geheul (dessen Metrik ungefähr - - ⌣ ⌣ ⌣ ist), und die Bewegung nach rechts, links und vorwärts die eines tobsüchtigen Tollhäuslers wird.

Wenn die erschöpften und schweisstriefenden Männer aufhören ihre Mysterien zu feiern, werden Gefässe, Weihrauch ausstossend, vor den Scheik und die zu seiner Seite Sitzenden gestellt; man bringt Flaschen mit Wasser gefüllt, in die er und die andern hineinhauchen, und stellt sie ebenfalls auf. Dann bringt man Kinder, welche an irgend einer Krankheit leiden, und legt sie vor ihn hin; er erhebt sich von seinem Sitze und stellt sich auf die Leidenden, von zwei Derwischen gestützt, so, dass er die Kinder nicht verletzen kann; dann hebt er das Kind auf, küsst es, gibt ihm eine Flasche des Wassers — so von ihm geweiht — und der Aberglaube der Türken sucht in dieser Ceremonie Heilung für Krankheiten.

Ermüdet von unserer langen Tagesroute kehren wir in das Hôtel zurück, und am nächsten Morgen nehmen wir ein Kaïk und begeben uns in die Vorstadt Ejub.

Die zweite Brücke, welche mit Wölbungen versehen ist, die alle Schiffe passiren können, lassen wir hinter uns; — rechts liegt das Arsenal, die Schiffswerfte, die Admiralität; links die Moschee von Jeni-Jami mit einer herrlichen Aussicht auf das goldene Horn, in welchem wir uns befinden; — dann verlassen wir das Kaïk und besuchen die Turba (Mausoleum) des Sultans Medjid (des letztverstorbenen Sultan Abdul Medjid), der hier neben seinen beiden Töchtern ruht.

Dieses Grabmal ist äusserst prachtvoll Rothe Vorhänge und Wandbekleidung mit reicher Vergoldung; ein prachtvoller Luster; eine Gallerie (Parmaktil) mit eingelegtem Perlmutter, prachtvolle Korans zieren das Gemach, und ein Fess mit Diamanten geziert, liegt auf dem Sarkophage des Sultans.

Die Turba der Tochter des Sultans Selim, die der Tochter des Sultans Soliman und endlich die des Sultans Selim I. befinden sich im Hofe der Moschee des Sultans Selim, welche nach seinem Tode (1520) auf dem 6. Hügel, von seinem Sohne Soliman erbaut wurde. Sie ist in ihrem Aeussern und Innern sehr einfach, hat nur Eine Kuppel und ist von Nebengebäuden, Schulen und Armenküche umgeben.

Wir gehen nun durch das Balat Kapussi, in der Mauer der Blacherner, hinter welcher der Kaiser Leo der Armenier, einen tiefen Graben zum Schutze gegen die Bulgaren hatte anlegen lassen; besuchen die kaiserliche Fess-Fabrik, werfen einen Blick auf den Palast der Sultanin Asme, Schwester des Sultans Mahmud, und gelangen nach Ejub, welches vor der Eroberung durch die Türken Kosmidion hiess.

Hier zieht zuerst die schöne Moschee aus Marmor, von Sultan Mahomet II. zu Ehren des Feldherrn und als Heiligen verehrten Ebu-Ejub-Ensari erbaut, unsere Aufmerksamkeit auf sich. Ebu-Ejub-Halid-Ensari, d. h. der Jünger und Gehilfe des Propheten (Ejub ist unser Hiob) wurde 672, als er Constantinopel belagerte, unter der Regierung von Constantin Regonat getödtet, und mit ihm zugleich Yazid, Sohn des Kalifen Muaviye, welcher sterbend prophezeit hatte, dass ein türkischer Kaiser Constantinopel erobern und das Grab Ebu-Ejub-Halids auffinden würde.

Von dieser Prophezeiung unterrichtet der Scheik Akssemserdin drei Tage nach der Einnahme von Constantinopel Mahomet II. Dieser liess da wo die Moschee erbaut ist, nachgraben, fand ein Grab, auf welchem der Name Ebu-Ejub-Ensari geschrieben stand, liess auf demselben eine Turba, dann die Moschee erbauen, und verordnete, dass alle seine Nachfolger sich in dieser Moschee mit dem Reichsschwerte umgürten sollten. Eine Ceremonie, welche noch bei jedem Thronwechsel mit grosser Pracht vollzogen wird.

Später erbaute die Mutter Selim's III. dem Heiligen hier ebenfalls eine Turba, die aber, ungeachtet ihrer Pracht, nichts gefälliges in ihrem Aeussern hat.

Die Vorstadt Ejub ist auf der einen Seite vom goldenen Horn begrenzt, auf der andern Seite von Bostans, Begräbniss-Gärten, und nordwestlich vom grossen Begräbnissplatz, auf welchem viele vornehme Türken, Sultane, und Sultaninnen die letzte Ruhestätte fanden.

Auf dem geräumigen schönen Moscheehof breiten herrliche Platanen ihre schattengebenden Zweige aus; reich verzierte Grabmäler, vergoldete, silberne Grabstätten, Brunnen, vergoldet und aus Marmor, laden den

Fremden zu ruhiger Betrachtung ein, aber leider ist dem ungläubigen Europäer das Betreten dieser heiligen Stätte verboten, und wir müssen uns damit begnügen, diese prachtvolle Stadt der Todten von Aussen zu besehen.

Wir besteigen wieder ein Kaïk und begeben uns nach den süssen Wassern von Europa.

Die Hügel von Ejub, von Pera und Galata bilden ein immer enger werdendes Thal, und der Meeresarm, welcher das goldene Horn, den Hafen von Constantinopel bildet, wird immer schmäler, wie ein Canal der sich zwischen grünen Wiesen hinschlängelt, und zuletzt nur einem sanft dahingleitenden Bache gleicht.

Hier liegt Barbises, ein schöner Sommerpalast des Sultans, umgeben von Hügeln, Pappeln, Ulmen, Eschen, Cypressen, Maulbeer-, Feigen-Bäumen, die längs dem Ufer des Baches ihre dichtbelaubten Wipfel anmuthig hin und her bewegen.

Grüne mit Buschwerk bewachsene Hügel, eine grosse Wiese, geschmückt mit Rasen und wilden Blumen, mächtige Nussbäume, Ulmen, Weiden und Platanen, bald einzeln stehend, bald in anmuthigen Gruppen vertheilt, bilden eine der schönsten Landschaften.

Der Garten selbst, in dessen Mitte der Palast liegt, ist durch viele Marmor-Wasserbehälter mit Springbrunnen versehen, die in Thätigkeit sind, wenn der Sultan hier mit seinem Harem verweilt.

Gleich rechts vom Eingang steht ein geräumiges Taubenhaus, in welchem 400 der schönsten Tauben, eine jede in ihrer eigenen Zelle nisten. Die Vögel wurden aus Alexandrien geholt. Den Palast zu besichtigen wird dem Fremden nicht erlaubt.

Barbyses, die europäischen süssen Wasser, ist das Rendez-vous der eleganten Welt von Constantinopel im Frühling und Frühsommer, sowie es die asiatischen im Spätsommer sind. Von den letzteren werden wir noch sprechen und eine Beschreibung des lieblichen Schauspieles, dessen Zeuge wir waren, geben, und das nur eine Abspieglung der Saison auf Barbyses ist, welches gleich jenen ein Aufenthalt des verstorbenen Sultans Mahmud war.

Das Herz des Padischah aller Padischahen hatte Amors Pfeil getroffen. Die junge schöne Odaliske, deren Reize dem Stolzen so gefährlich geworden, gefiel sich am meisten im Kiosk zu Barbyses. Dort plätscherten ihr die Brunnen am lieblichsten, flüsterten ihr die Blätter eine ihr verständliche Sprache, hauchten die Rosen für sie den zartesten Duft aus. — Barbyses war daher dem Beherrscher der Gläubigen theuer. Da klopfte der grausame Tod an die Pforten des Seraglio und die schöne Odaliske wurde eine Leiche. — Seitdem ist Barbyses mit seinem Palaste und Garten öde und leer. Die Winde rauschen noch lieblich in den Blättern der Platanen, die Rosen hauchen noch süssen Duft aus, aber die Springbrunnen plätschern nicht mehr, und die Odaliske mit dem Padischah aller Padischahen, modern in der Erde wie andere Sterbliche.

Unser nächster Ausflug gilt den sieben Thürmen und den Mauern von Stambul oder dem alten Byzanz, und einigen Ueberresten aus der Zeit des griechischen Kaiserreiches.

Bevor wir diesen unternehmen, muss noch des, in nicht sehr grosser Entfernung von den Gärten und dem Palaste von Barbyses, liegenden Thales Ali-pe-Kioy erwähnt werden, in welchem sich die Wasserleitung Mualak-Kemari, 725 Fuss lang und 110' breit, befindet. Die Griechen nennen sie den Aquäduct des Kaisers Justinian, wiewohl die Osmanen einen Sultan als dessen Erbauer bezeichnen. Auf der Grundmauer von 56 Fuss Breite, die allmälig bis auf 4 Fuss schmäler wird, erhebt sich eine Doppelreihe von Bogen, zwischen denen eine Reihe kleinerer läuft. Zwei parallellaufende Canäle führen das Wasser seiner Bestimmung zu.

So strenge die Strafgesetze des türkischen Islams sind, welche von den Ulchmas gehandhabt werden, so nachsichtig sind die Begriffe über bürgerliche Ehre, die keineswegs durch Gefängnissstrafe, wie es nach den Begriffen der christlichen Völker der Fall ist, beeinträchtigt wird.

Ist die Gefängnissstrafe abgebüsst, so tritt der Türke in seine früher innegehabte Stellung wieder ein. Seine Ehre, wenn er überhaupt eine gehabt hat, bleibt unversehrt.

„Blut für Blut“ ist der Grundsatz des Criminalrechtes

des Korans, ganz so wie es in den Gesetzbüchern der Juden von Moses ausgesprochen wurde. Ausserdem ist die Göttin der türkischen Gerechtigkeit eine Dame voll des Jähzornes; sie lässt die gewichtige Hand rasch, ohne Aufschub, auf das Haupt des wirklichen oder vermeintlichen Verbrechers fallen.

Das Gefängniss, an welches in Constantinopel sich die meisten geschichtlichen Erinnerungen knüpfen, wo so manche Scene des Gräuels, der Willkür und Grausamkeit stattgefunden, sind eben diese sieben Thürme, die wir nun besuchen wollen.

In ihre Mauern schleppten zügellose Janitscharen entthronte Sultane und gaben ihnen erst hier den Tod. Tausende von Enthaupteten aus geringeren Ständen, legten auf ihren Zinnen Zeugniss von der blutigen Herrschaft dieser Soldateska ab. Hierher wurden mehr als einmal die Gesandten christlicher Monarchen geschickt, die den Unwillen der hohen Pforte, so leicht erregbar, auf sich gezogen hatten.

Am Ufer des Marmora-See, am westlichen Ende der Stadt, liegen die Trümmer dieses Staatsgefängnisses, das vom griechischen Kaiser Zeno begonnen, von den Comnenen zu diesem Zwecke vollendet wurde.

Die Griechen nannten dieses Gefängniss „Hepta purgon," türkisch heisst es yedde kute (in welches das prachtvolle, nun gänzlich verschwundene goldene Thor führte) da ursprünglich schon die Zahl der erbauten Thürme sieben war, von denen nur vier übrig sind, die andern während des verheerenden Erdbebens im Jahre 1786, bereits zusammenstürzten.

Nicht weit von dem Gefängniss, für die christlichen Gesandten bestimmt, ist eine tiefe Grube, die Blutgrube genannt, ihre Mauer, gleich den Ringmauern hoch, ist aus Knochen von Menschen errichtet und hat drei niedrige Gewölbe, in welche man die zum Tode bestimmten Gefangenen warf.

Das Vorgebirge von Scutari, die Prinzen-Inseln im Marmora-See, breite Gräben, nun durch Trümmer und Erde ausgefüllt, und in denen seit Jahrhunderten Bäume und Mauerkräuter Wurzel gefasst haben, Schlangen und Eidechsen, deren buntfarbige Haut im Sonnenschein glänzt, Mauern bald ganz zerfallen, bald gut erhalten, oder lückenhaft in wunderlichen Gestalten, steinerne Stufen auf Terrassen führend und kaum noch betretbar, bilden hier einen Gegensatz, der von der Ewigkeit der Schöpfung Gottes und von der Vergänglichkeit der Werke von Menschenhand zeugt.

Hier beginnen die Ringmauern Stambuls auf der Land-, der asiatischen Seite. Sie sind dreifach, zerfallen und in demselben Zustand, in welchen sie die Eroberung durch Sultan Mahomet II. versetzt hatte, und haben eine beträchtliche Ausdehnung; vier Thore sind verschwunden, andere zerfallen, und einige führen noch in die abgelegensten Quartiere Stambuls, von denen eines nur von Zigeunern bewohnt ist.

Die breiten Gräben sind grösstentheils ausgefüllt und werden als Gärten benützt.

Auf Thürmen und Mauerwerk erheben sich starke Baumstämme mit üppigem Laubwerk.

Diesseits des Grabens läuft eine holperige Fahrstrasse, deren andere Grenze bald ein langer Begräbnissplatz mit seinen Cypressen, bald Gemüse-, Wein- und Obstgärten, arbeitsamen Griechen gehörend, bilden. Auf den Mauern des alten Byzanz, dem Werke des Alterthums, ruhen die Drähte der Telegraphen-Linie, des Werkes der Neuzeit, das im Verlaufe weniger Stunden die Kunde jedes wichtigen Ereignisses, nach der Seine, nach der Themse führt!

In einer geringen Entfernung von der Strasse, nachdem wir die sieben Thürme verlassen, erblicken wir die Gebäude eines griechischen und die eines armenischen Hospitals, dann das griechische Kloster und die zerstörte Kirche von Bulukli, welche wir bereits erwähnten.

An dem Thore Top-Kapussi sieht man die zwei Bombarden, welche während der Belagerung Constantinopels durch Mahomet II., die angrenzenden Mauern und die beiden Thürme zerstörten; — dann gelangt man zu dem sogenannten Palast des Belisar, eine Ruine aus Ziegelsteinen und einigen Marmorblöcken, wo sich den Blicken eine herrliche Aussicht nach Ejub und dem goldenen Horn hin zeigt.

In der Nähe des Balat Kapussi war ehemals der Palast der Blacherner, der kaiserliche Palast Constantins

Eïvan-Serai oder Aïvassar Kapussi wurde nach der Einnahme der Stadt erbaut.

Wir kommen dann zum Thore Karsios oder Galligaria, von den Türken Egri Kapussi genannt. Nahe demselben ist ein Brunnen nebst Wasserbehälter (Taksim), 120' über der Meeresfläche, welcher ganz Stambul mit Wasser versorgt.

Wir betreten nun Stambul durch das Thor von Adrianopel, besuchen die Moschee, welche von der Tochter des Sultans Soliman's, Mihri Mah (Mond der Sonne) im Jahre 1555 erbaut wurde.

Die Prinzessin übte durch ihren Geist grossen Einfluss auf ihren Vater und später auf ihren Bruder Selim II. aus. Vier umfangreiche Granitsäulen stützen die Wölbungen einer sehr hohen Kuppel.

Indem wir nun die Strasse von Adrianopel, welche die schönste und breiteste Constantinopels und fast nur von Griechen bewohnt ist, durchreiten, kehren wir nach Pera in unser Hôtel zurück und rüsten uns, zeitig am folgenden Morgen zu Pferde einen Ausflug nach dem europäischen Gebiete, in dem Paschalik Rumelien, nach den Wasserleitungen zu machen.

Unser Weg führt uns der grossen Strasse von Pera entlang, an dem grossen Wasserbehälter Taksim (330' über der Meeresfläche), dem campo grande, einer Artilleriecaserne und dem französischen Hospitale vorüber.

Hier war im letzten Krimkriege das Lager der

Franzosen aufgeschlagen, die eine gute Heerstrasse, die einzige in der Umgebung Constantinopels, bauten.

Die ganze Umgegend ist öde und unbebaut. Der Europäer sieht mit Bedauern eine so grosse Strecke Landes der menschlichen Betriebsamkeit entzogen und unwillkürlich steigt in seinem Geiste die Frage auf: »wie würde es hier so ganz anders aussehen, wie viele Familien würden hier Brot und eine gemüthliche Heimat finden, wenn nicht mehr türkische Indolenz, sondern ein gesicherter Rechtszustand und europäische Betriebsamkeit hier herrschten!«

Hin und wieder sehen wir einige Häuser, in denen handeltreibende griechische Familien wohnen; die Villa eines Türken mit vergitterten Fenstern; dann und wann eine grosse Meierei, türkisch Tschifflik genannt (da es hier keine Bauern gibt), Wachthäuser türkischer Soldaten, eine Telegrafen-Linie, und einige Thürmchen, die dazu dienen, das Wasser aus den grossen Wasserleitungen, welche wir besuchen wollen, nach Constantinopel zu führen.

Wir kommen durch das Dorf Bagdschi-Kioy (Dorf des Gartens), in dessen Thal wir den von Mahmud erbauten Aquaeduct, dessen Länge 1270' und dessen grösste Höhe 82' beträgt, erblicken und passiren.

Endlich, nachdem wir fast zwei Stunden unsere Wanderung fortgesetzt haben, führt der Weg durch Waldungen. Wir begegneten langen Zügen von Pferden und Eseln; weithin schallt das Geläute der Glocken an dem Hals schwerbeladener Maulthiere, die auf ihrem Rücken Wasser in Schläuchen oder hölzernen Gefässen, oder Holz in die Residenz tragen.

Baumgattungen jeder Art, Eichen, Buchen, Ulmen, Kastanien, Citronen, Feigen, Nüsse, Kirschbäume u. s. w. stehen hier neben einander und berühren sich mit ihren Zweigen. Asiatische und europäische Vegetation legen ein Zeugniss ab von der Fruchtbarkeit des Bodens.

Hie und da bei einer plötzlichen Wendung der Strasse öffnet sich rechts eine tiefe Schlucht, die uns vergönnt, den herrlichen Bosporus mit seinen Kiosks, Landhäusern und reicher Scenerie zu betrachten.

Wir gelangen endlich nach dem Dorfe Belgrad, in dem Thale Ebgadeddin, und begeben uns ohne Zeitverlust zu dem grossen Aquaeduct (Bend), nordwestlich liegend, welcher vom Sultan Mustafa III. im Jahre 1765 erbaut wurde.

Der Fluss Goraleh, welcher in der Nähe des Dorfes fliesst, füllt sein Wasserbehälter. Dieser Bend Aiwat oder Bend von Pyrgos genannt, liegt wie alle übrigen 5—700' über der Meeresfläche, ist von festem Mauerwerk umgeben und hat Schleusen.

Der Becken sind sieben, und das überlaufende Wasser fliesst aus denselben in kleinere festgemauerte Behälter, Basch-Hawuss (Nebenbecken).

Die Bends befinden sich in einer Schlucht, deren Obertheil von einem Quaderdamm, getragen von 18—20

Fuss dicken Strebepfeilern, eingefasst ist. Ueber den Damm läuft ein gepflasterter breiter Weg, hin und wieder sind Sitze angebracht und Inschriften mit goldenen Buchstaben enthalten den Namen des Erbauers.

Tiefe Stille herrscht in der romantischen Landschaft, kein Thier darf sich diesem Becken nähern, das Wasser verunreinigen, und selbst dem Menschen ist es verboten hier Wasser zu schöpfen, dessen Bestimmung nur ist, die Brunnen von Constantinopel zu füllen, und das wie jenes der zwei anderen Bends, welche wir noch besuchen werden, der Aquaeduct von Bagdschi-Kioy aufnimmt und in unterirdischen Canälen nach dem grossen Taksim in Pera und nach dem bei dem neuen Spitale liegenden, geführt wird.

Gegen Norden liegt der alte Bend (Eski Bend), angeblich von Soliman dem Grossen erbaut; gegen Süden der grosse (Bujuk Bend), um das Jahr 1714 von Achmed III. aufgeführt, und etwas mehr westlich der Bend des Pascha Deressi. Ebenfalls im Norden von Bagdschi-Kioy besuchen wir noch den schönsten Bend, ein Bauwerk des Sultans Mahmud II., der sich hier auch ein kleines Sommerhaus erbauen liess, Jeni-Bend genannt; dann den Bend, welcher der Walide, der Mutter Mahmud's I. seine Errichtung verdankt, und endlich den 7., den des Sultans Mahmud I.

Sämmtliche Bende liegen höchst malerisch inmitten von herrlichen Waldungen und ergötzen das Auge des Beschauers durch die Grossartigkeit der Anlagen sowohl, wie durch die Schönheit und Fremdartigkeit der Landschaft, in welcher eine orientalische Ruhe und Stille herrscht.

Aus dem Aquaeduct von Bagdschi-Kioy empfangen ihr Wasser ausser den beiden bereits genannten Taksim noch ein drittes, bei Orta-Kioy gelegen. Die Brunnen sämmtlicher Vorstädte auf dem europäischen Ufer des goldenen Hornes, die meisten Ortschaften nach dem linken Ufer des Bosporus werden daher von ihm mit Wasser gefüllt.

Wir wollen nun noch von einem andern Aquaeducte, der Constantinopel und die Umgebung mit Wasser (dem Türken so heilig) versorgt, sprechen.

Ossun Kemari (die lange Wasserleitung) in einer Länge von 2000' und einer Höhe von 80' — von Soliman dem Grossen in seiner jetzigen Gestalt erbaut, befindet sich im Thale von Petinochori, in der Nachbarschaft von Pyrgos.

Das Thal von Pyrgos, ein kleines Dorf, so genannt von einem Thurm, den der Tyrann Andronicus Comenes hier erbauen liess, wird durch einen kleinen Hügelkamm von Bejlik-Mandra getrennt. Hier ist ein Aquaeduct, der seiner Form wegen »der Ellenbogen« (Dirsekdschi), bald »der schöne« (Gasseldschi) genannt wird und dadurch in 2 Theile getrennt ist, deren Gesammtlänge 1025' und dessen Höhe 100' beträgt.

Nach der Meinung der Griechen soll er vom Kaiser

Adrian angelegt worden sein, während die Türken den Sultan Soliman als Erbauer nennen.

Wir fügen noch die geschichtliche Bemerkung über den Ursprung Belgrads hinzu, nämlich dass, nachdem Soliman im Jahre 1521 die Festung gleichen Namens erobert hatte, er eine Anzahl der Bewohner nach Constantinopel sandte. Diesen gab er Wohnplätze in Rumelien. Sie erbauten eine Kirche für die aus der Heimat gebrachten Heiligenbilder und Kirchengefässe, gründeten ein Dorf und gaben demselben den Namen der ihnen so theuren Vaterstadt.

Auf unserem Wege zu den Ufern des Bosporus, nach Bujukdere, wenn wir von Belgrad aus die Waldungen verlassen, finden wir bebaute Felder, Obstgärten, und eine herrliche Aussicht in eine Schlucht, die ziemlich steil ist und erst in der Nähe von Bujukdere endet.

Wir gelangen hier zu einem türkischen Caffeehaus, in dessen Nähe 7 Platanen stehen, die Sultan Achmet zu Ehren seiner 7 Brüder pflanzen liess.

Unser heutiger Ausflug hat den ganzen Tag in Anspruch genommen, der lange Ritt uns ermüdet; wir übergeben daher, in Bajukdere angekommen, dem Dragoman das Pferd, nehmen ein Kaïk, legen uns bequem auf das Polster und überlassen uns einem träumerischen Zustande, in den uns das Plätschern der Wellen des Bosporus bis zur Landung bei Tophana einlullt.

Unser nächstes Tagewerk ist eine Fahrt in dem Bosporus. Wir fahren dem europäischen Ufer entlang hinab, und am asiatischen wieder hinauf, indem wir diesesmal ein grösseres Kaïk, von mehreren Ruderern geführt, nehmen, da es für einen einzelnen zu ermüdend sein würde.

Ehe wir unsere Bosporusfahrt antreten, erlauben wir uns einige Bemerkungen über die Kaïks zu machen.

Diese langen, schmalen und sehr leicht gebauten Fahrzeuge schlagen sehr leicht um; man muss daher beim Einsteigen schon die Vorsicht gebrauchen, das Gleichgewicht zu erhalten, um dasselbe, wenn man sich auf das Polster oder den Teppich legt, nicht zu verlieren. Die Bootsleute, Kaïkdschi genannt, sind ein stämmiger, von der Sonne gebräunter Menschenschlag, deren Zahl sich auf 20.000, mit 17.000 Kaïks beläuft. Die meisten, mit Ausnahme der in Stambul stationirten, welche Türken sind, gehören zur griechischen Nation, und verlangen gewöhnlich höhere Preise als jene.

Schaluppen mit Steuerruder, oder kleine Dampfboote sind zu grösseren Ausflügen auf dem Meere den Kaïks vorzuziehen.

Wir verlassen den Landungsplatz von Tophana; seine Moschee, die Kanonengiesserei, liegen hinter uns, gelangen dann nach Funduklu, an Tophana stossend — und wir erblicken Dolmabagdsche, das Residenzschloss des jetzigen Sultans, welches von dem in den Regierungskreisen immer mehr um sich greifenden Nachahmungsgeist europäischer Sitten und Gebräuche zeugt.

Dolmabagdsche ist ein modernes Gebäude, wie wir deren in europäischen Städten sehen, in einem nicht ganz geschmacklosen Styl aus Stein erbaut.

Allerlei Sinnbilder schmücken mehrere Thore, durch die man in einen Vorhof gelangt, der von vergoldeten Metallstäben umgeben ist. Eine Treppe führt zu einer Vorhalle auf Säulen ruhend, mit einer Kuppel aus röthlichem Glas, das die Wände in rosigem Lichte schimmern lässt. Säulen tragen den Plafond des Audienzsaales, ein längliches Viereck, in dessen Mitte ein Luster mit 10.000 Flammen, derselbe, welcher in Paris auf der Weltausstellung zu sehen war, hängt.

Schöne Teppiche, venetianische Spiegel findet man hier wie in anderen Palästen, und der Kiosk, zum Rauchen bestimmt, verdient besonders besichtigt zu werden.

Der Harem ist selbstverständlich an seinen vergitterten Fenstern zu erkennen, so wie an den zu ihm gehörenden abgeschlossenen Gärten, in welche die Neugier keinen Blick werfen kann.

Dicht neben Dolmabagdsche sehen wir einen Kiosk des Sultans, Beschiktasch.

Mitten zwischen mehreren kleinen Pavillons liegt ein grösserer, in einem wahrhaft bemerkenswerthen Style angelegt, während die ihn umgebenden sämmtlich die Gestalt von Zelten haben. Man behauptet der Sultan hätte dadurch ein Bild der Wohnungen der kriegerischen Turkomanen geben wollen.

Das Zelt des Khan stellt der mittlere Pavillon vor; die übrigen Zelte die seiner Officiere.

Es folgt nun der Palast Tschiragan und eine Reihe von Kiosks, Sommerpalästen mit schönen Gärten am Ufer des Bosporus. — Die Dörfer Orta-Kioy, Kuru Tschesme und Arnaut-Kioy, das Albanesendorf, von Albanesen, Juden und Christen bewohnt, sind kaum getrennt von einander.

Die Häuser stehen ganz nahe am Bosporus, oder auf Piloten ruhend in demselben, so dass der Schaum seiner Fluthen bis in die Fenster spritzt, und die Gärten ihre Wohlgerüche dem Vorbeifahrenden senden. Fast jedes Haus hat sein Kaïk, für das ein Raum zwischen den Piloten zum Aufbewahren bestimmt ist.

Unter diesen vielen zierlichen Gebäuden, aus Holz errichtet, erwähnen wir nur noch den Palast des Saïd-Pascha, Schwiegersohn des Sultans Mahmud und Sohn des Kussrew-Pascha, eines der ausgezeichnetsten Männer und Räthe Mahmud's bei seinen reformatorischen Massregeln.

Unter allen den im orientalischen Geschmacke erbauten Palästen, ist dieser der hervorragendste. An seiner Façade bemerken wir 5 Erker, die wie das ganze Gebäude mit vielem Holzschnitzwerk verziert, und deren Fenster sämmtlich mit Gittern versehen sind.

Das Haupt- und die Nebengebäude umgibt ein Garten, dessen orientalische Ueppigkeit der Pflanzenwelt, hervorragende Bäume und Sträucher errathen lassen.

LE PALAIS DE SAÏD-PACHA.

Wir finden hier wieder einen Anlass von der Pracht des Bosporus und von den Eindrücken zu sprechen, welche dieselben auf Jeden machen müssen, der zum erstenmal seine schönen Landschaften erblickt.

Mit jedem Schritte verändert sich die Landschaft, wird die Scenerie eine andere. An den Ufern zahllose Gestalten in verschiedenen Trachten. Leicht gebaute Häuser, zierlich, malerisch und gewissermassen bizarr, Kaïks, Boote, Schiffe von allen Grössen durchfurchen den Meeresarm, liegen angebunden oder vor Anker.

Ueberall zeigt sich die Fruchtbarkeit des Bodens und der Einfluss des Klimas, verrathend was aus diesem Erdstrich werden könnte, wenn der Bewohner desselben den Naturkräften Vorschub leisten würde.

Die Strömung im Bosporus beim Cap von Deftervar Burnu ist von Zeit zu Zeit so stark, dass die Kraft der Ruderer unser leichtes Kaïk nicht vorwärts bringen kann, und es muss daher dann gezogen werden. Auf diesem Vorgebirge sehen wir eine Villa, apfelgrün angestrichen, sodann einen gelbangestrichenen Palast, beide Eigenthum eines Schwagers des Sultans.

Nach einer kurzen Fahrt längs dem, nur für eine kurze Strecke fast nackten Ufer, gelangen wir nach Bebek, ein Dorf, reizend gelegen an einem kleinen Meerbusen, wie man deren so viele am Bosporus findet. Auf einem ziemlich breiten Quai liegen malerisch die zierlichen Gebäude, die von dichtbewachsenen hügeligen Wäldern umgeben sind; wir erblicken Humaiunabad, zu deutsch Kaiserschloss; es umfasst einen Palast, eine Moschee, und ein Bad, welche sämmtlich in der ersten Hälfte des vorigen Jahrhunderts erbaut wurden; dann einen wohlverschlossenen Kiosk.

Hier in der Stille des Landlebens versammeln sich von Zeit zu Zeit die Grosswürdenträger der hohen Pforte, aber nur in geringer Anzahl, um über das Wohl und Weh des Staates im Geheimen zu berathen.

Ist dieses geschehen, so wird der Kiosk wieder geschlossen. In Bebek sind mehrere gute europäische Schulen, deren Leiter Franzosen und Amerikaner sind. Auch ist daselbst die kaiserliche Bäckerei, welche den Schiffszwieback für die Flotte liefert.

Bei diesem Dorfe erblicken wir ein Hüttchen, das auf einem Pfahlgerüste steht. Auf im Meeresgrund eingeschlagenen Pfählen ruht eine Umzäunung; auf einer Seite ist an diesen Pfählen ein Netz befestiget, das wieder an einer Seite vermittelst Flaschenzügen an einem Pfahlgerüste auf dem Ufer befestigt ist. In dem erwähnten Hüttchen, mit Leinwand oder Laubwerk bedeckt, stehen Fischer auf der Lauer. Sobald sie glauben dass eine hinlängliche Anzahl Fische sich im Netze befindet, geben sie das verabredete Zeichen, das Netz wird hinaufgezogen und die Beute an Fischen ist gross. Man nennt diese Pfahlgerüste oder Hüttchen Balak-Hann.

Da der Bosporus sehr fischreich ist, so begegnet man auf demselben vielen Fischerkähnen. Ausserdem beschäftigen sich Männer, Weiber und Kinder mit Fisch-

Roumeli Hissar ou le château d'Europe.

fang sehr häufig, indem sie ganz einfach ein dünnes Seil mit einem Haken versehen in die Fluth werfen.

Von den Fluthen des Bosporus werden dann die Grundmauern von Rumeli Hissar, die Feste am europäischen Ufer, gebadet, und es erheben sich deren Mauern und Zinnen, welche von Mahomet dem Grossen erbaut wurden. Hier gelang es ihm, namentlich durch eine bronzene Kanone, welche Kugeln im Gewicht von 600 Pfund auf die vorüberfahrenden Schiffe schleuderte, den Ein- und Ausgang in das schwarze Meer zu verschliessen, den Handel von Constantinopel zu unterbrechen und die Stadt dem Hunger preiszugeben. Auf einer Seite der alten Feste liegt dicht am Ufer ein Begräbnissplatz mit seinen Cypressen. Nun erblicken wir die Bucht von Balta Liman, und auf dem Vorgebirge, ein Dorf und ein Palast, der früher Redschid Pascha gehörte.

Wir berühren dann Stenia, das im Besitze eines vorzüglichen Hafens, namentlich von griechischen Kauffahrtheischiffen besucht, ist.

Das lieblich gelegene Jeni-Kioy, Kalendar, Therapia und Kefili-Köi, und Bujukdere mit schönen Villen, Palästen und Kiosks, folgen dann in reizender Abwechslung und das Auge ergötzend.

In Therapia und Bujukdere sind die meisten europäischen Gesandtschafts-Paläste, in denen sie die Villegiatur während der heissen Jahreszeit geniessen.

In Bujukdere ist längs dem Ufer des Bosporus

eine herrliche Esplanade, allabendlich das Rendezvous der eleganten Welt.

Das Ufer des Bosporus verliert nun seine Anziehungskraft, — es wird öde, — wenige Ortschaften und nur einzelne Forts liegen an demselben, und wir fahren hinüber zum asiatischen Ufer, von hier aus unsere Rückkehr nach Constantinopel anzutreten, nachdem wir nach Therapia zurückkehrten, wo ein Vorgebirge am gegenseitigen Ufer sich in den Bosporus erstreckt, und derselbe daher weniger breit als in der Bucht von Bujukdere ist.

Hier ist es, wo Darius eine Brücke bauen liess und mit seinen Heeresschaaren von Asien nach Europa übersetzte; und ihr gegenüber ein wenig nach Norden liegt der Riesenberg, wo, wie die Türken behaupten, sich das Grab Josuahs, des jüdischen Feldherrn, auf einem der beiden Gipfel des Riesenberges, türkisch Juscha-Dagh, befindet. Auf dem »Rücken des Herkules« — dem höchsten Gipfel, ist eine Moschee von Derwischen bewohnt, in deren Umzäunung das Grab, 20' lang, 5' breit sich befindet.

Am Ende des Vorgebirges Selvah Burnu liegt die Ortschaft Omur Jeri; dann kommt Unkiar Iskelessi (Landungsplatz). Die Dörfer Jali Kioy, Beijkos, so wie ein kaiserlicher Kiosk, Kandlijakioy, folgen. Dann zeigt sich unseren Blicken Anadoli Hissar, die letzte asiatische Feste, welche der von Rumeli Hissar gegenüber liegt.

Anadoli Hissar wurde vom Grossvater des Sultans Mahomet II. auf dem hohen Felsen, der vom Fusse bis zur Spitze mit üppiger Vegetation bedeckt ist, erbaut. Zinnen und Mauern ragen zwischen anmuthigem Gehölz hervor. Marmorne Grabsteine erglänzen zwischen Cypressen und anderen Bäumen, die das Ufer des Bosporus beschatten. Auf dem Rücken des Hügels, dessen Fuss von den Fluthen gebadet wird, liegt ein Dorf gleichen Namens, und rechts liegen die sogenannten süssen Wässer Asiens, zwei Bächlein, welche zwei fruchtbare Thäler durchfliessen und eine grosse Wiese bewässern. Dieses ist eine der lieblichsten Landschaften in der Umgebung Constantinopels, und wird von den Türken Guiuksu genannt.

Von allen Seiten ist sie von Kiosks mit immergrünen Gebüschen umgeben. Caffeehäuser und Hütten wechseln mit Baumgruppen ab. Cypressen, Weiden, Platanen, Eschen, Nuss- und Feigenbäume breiten ihre schattigen Zweige über die süssen Wasser aus. — Es ist Nachmittag, kein Wölkchen trübt den azurblauen Himmel, und trotz der Hitze herrscht hier Frische und Kühle.

Tausende von Besuchern jeden Alters, jeden Geschlechtes besuchen Wege und Wiesen, Caffeehäuser, und eigens aufgeschlagene Zelte haben kaum Raum genug für die stets wechselnden Gäste. Vornehme Türken, Beys und Effendis liegen in geöffneten, ihnen gehörigen grünseidenen Zelten. Am Fusse der Bäume lagern auf ausgebreiteten Teppichen zahlreiche Familien. Türkische Frauen haben an Baumäste ihren bun farbigen Shawl gebunden, eine Wiege improvisirt, welcher sich ein Säugling ruhig schaukeln lässt, wäh rend Kinder, Knaben und Mädchen, liebkosend um s herumspringen.

Hier raucht ein Türke seinen Tschibuk, dort ei andrer seinen Narghileh, indess griechische und arme nische Frauen behaglich Cigarretten drehen und dan blaue Ringeln in die Luft senden. Possenreisser, Märchen erzähler, Gaukler, Taschenspieler, akrobatische Künstle wandernde Musikanten auf Trommel und Zither, versam meln ein zahlreiches Publicum um sich her, das Au und Ohr für ihre Leistungen hat und ihnen Paras spen det. Verkäufer von Gefrornem, Obst und Kinderspiel waaren, meist deutsches Erzeugniss, von Waffen, aller hand eingemachten Früchten, Kuchen etc., überbieten sich im Gebrauche ihrer Lungen und locken Käufer an, ihre Waare in einer uns unverständlichen Sprache anpreisend

Reiter auf schönen arabischen Pferden, Mollas in weissen Turbans auf Eseln, bunte türkische Wagen von Pferden oder Ochsen gezogen, ganz oder halbver schleierte Frauen, Soldaten, Kurden mit Pelzmützen und bis an die Zähne bewaffnet, Eunuchen, welche die Wagen der Damen des Serails begleiten, aus denen uns fröhliche Kinderstimmen entgegentönen, Paschas und Bettler, hie und da Herren und Damen, Europäer, Albions Söhne und Töchter vor Allen kenntlich, lassen uns glauben (wenn wir die Ohren zuhalten), dass wir in Paris auf einem der besuchtesten Maskenbälle der grossen Oper seien. In der Nähe des kaiserl. Kiosk auf einer Terrasse sitzt Kopf an Kopf die buntgemischte Menge. Alles freut sich der reinen Landluft, des heiteren Schauspieles. Neben der Terrasse steht ein Brunnen aus Marmor erbaut, mit reichen Verzierungen. Um diesen Brunnen drängen sich Männer, Weiber, Kinder; die einen um ihren Durst in seinem klaren Wasser zu löschen, die anderen, Wasser mit arabischen Krügen und messingenen Schalen für ihre Angehörigen zu holen, andere wieder um ihre Trauben abzuwaschen. Der schöne, mitten in Gartenanlagen stehende Kiosk, vom letztverstorbenen Sultan erbaut, war dessen Lieblings-Aufenthalt. Hieher kam er, um sich ebenfalls an dem volksthümlichen Schauspiel zu ergötzen. Jetzt sind seine glänzend hergerichteten Räume immer unbewohnt und werden nur von Neugierigen besucht, denen der Eintritt gegen ein Trinkgeld leicht gestattet wird. Hinter dem Kiosk befindet sich eine Caserne.

Das zunächst liegende Dorf heisst Jeni-Kioy, von ziemlicher Ausdehnung; das folgende Tschengel-Kioy. Hierauf erreichen wir Beglerbeg, wo Sultan Hamid eine schöne Moschee erbaut hat und in deren Nähe er einen prachtvollen Palast errichten liess. Das Dorf Starovs stösst unmittelbar an das, reizend an einem bewaldeten Hügel liegende Kukundschuk, wo ehemals eine vom Kaiser Justinian und der Kaiserin Sofia erbaute und mit goldenen Ziegeln bedeckte Kirche stand.

Wir erreichen nun wieder Scutari; zuvor jedoch liegt der schöne Palast Tschiragan, welcher von dem letztverstorbenen Sultan Mahmud II. 1836, nach der Empörung der Griechen, erbaut und von demselben bewohnt wurde. Er besteht aus einem Hauptgebäude und 2 Flügeln. Eine geräumige Marmortreppe führt in eine Halle von Säulen aus Marmor, dorischer Ordnung; sechs korinthische Säulen mit prachtvollen Giebeln bilden den Eingang in das Mittelgebäude, in welchem der prachtvolle Audienzsaal (Divan-Khan) und das Semalik, geschmückt mit 30 Säulen, sind. Der Sultan pflegte in einem hinter dem Hauptgebäude gelegenen Kiosk zu wohnen, der mit dem linken Flügel, in welchem der Harem logirt war, in Verbindung steht. Der rechte Flügel war für die Dienerschaft bestimmt. Der Palast hat nach dem Meere hin eine Façade, 1000' lang und das Innere ist prächtig, eines Kaisers würdig, sowie auch der Garten mit vielen schönen Kiosks geschmückt ist.

Am folgenden Tag besteigen wir einen Dampfer und machen einen Ausflug nach den Prinzeninseln, so genannt, weil sie zur Zeit des griechischen Kaiserreichs als Verbannungsort für in Ungnade gefallene Prinzen dienten.

Wir steuern am verbrannten grossen Serail vorüber. Dieses hatte drei Hauptthore, deren erstes Babi-Humayum, d. i. die erhabene Pforte hiess; es führte in einen grossen Hof, in welchem noch die kaiserliche Münze und ein prachtvoller Brunnen von Achmet III. steht. Das Arsenal, in der ehemaligen Kirche St. Irene, und

NOUVEAU PALAIS DE MAHMOUD II.

die Aja Sofia sind in der Nähe. Die Münze steht am Ahar-Kapussi, Strohthor, so genannt wegen der Nähe der kaiserlichen Stallungen.

Dann fahren wir am Tzatladi-Kapussi vorüber, wo der prachtvolle Adler-Palast Theodosius des Grossen gestanden, von welchem noch 4 Fenster, auf jeder Seite einen aus Stein gemeisselten Löwen tragend, übrig sind.

Wir sind nun in der Marmora-See, und nach einer mehr als einstündigen Fahrt erblicken wir die Prinzeninseln, deren sieben sind; sie heissen Oxeia, Plata, Proti, Antigona, Pita, Chalki und Prinkipo.

Die Insel Prinkipo ist die grösste und sehenswertheste; sie ist inmitten der anderen herrlich gelegen. Die ganze asiatische Küste, Kadi-Kioy, das alte Chalcedonien, sogar Scutari zeigt sich von dort aus unseren Blicken.

Auf der Insel sind zwei griechische Klöster; das eine enthält eine sehr reich verzierte Kirche, das andere Paganania genannt, ist jetzt nur eine Erziehungsanstalt für Kinder aus den ersten griechischen Familien Constantinopels. Am Fusse des Gebirges liegt ein sehr schönes und reizend gelegenes Gebäude, die kaiserliche Marineschule.

Die Prinzeninseln werden namentlich am Samstag von Griechen häufig besucht, die vorzugsweise auf der Insel Prinkipo, wo zwei vorzügliche Hôtels sind, den Sonntag verbringen. Musik und geselliger Verkehr, oft auch Tanz, dem die Griechen sehr ergeben sind, hören Samstag und Sonntag erst spät nach Mitternacht auf.

Auf der südwestlichen Landspitze von Prinkipo steht das Kloster St. Georg, das Gefängniss der Kaiserin Irene, mit einer wunderbar schönen Aussicht.

Wir machen dann einen grösseren Ausflug auf dem Meer und besuchen Brussa, auf Klein-Asiens Boden liegend, indem wir im Hafen von Mudanin den Dampfer verlassen und Rosse besteigen. Die Entfernung von Constantinopel ist 22 Meilen in der Richtung nach Süden hin.

Brussa hat bedeutenden Handel und Gewerbefleiss; seine Seidenzeuge und Teppiche sind gesucht, und es bringt jährlich mehr als 3000 Centner rohe Seide hervor, eine für seine Fabriken ungenügende Menge, da sie mehr als 100.000 Stück Seidenzeuge fabriziren, wesshalb viel persische Seide eingeführt wird.

Aber hierauf beschränkt sich die Industrie nicht; sie umfasst noch Leder, Baumwollenzeuge, Seidengaze und Taffet, und man treibt einen sehr bedeutenden Handel mit Ziegen- und Cameelhaaren, Tabak, Safran, Galläpfel, Opium, Terpentin, Storax, Meerschaum, welcher aus einem benachbarten Gebirge gewonnen wird, Früchten und vorzüglichen Weinen. Früher war Smyrna der Stapelplatz für den Handel von Brussa, der sich durch Regierungsmassregeln jedoch fast gänzlich nach Constantinopel gezogen hat.

Der Seehandel, Handel nach der Levante genannt, ist gänzlich in den Händen europäischer Kaufleute. Der

Binnenhandel wird von Türken, Armeniern, Griechen und Juden betrieben, und zwar vermittelst Caravanen.

Wir fügen die kurze Beschreibung einer solchen Caravane hinzu.

Lange bevor dem Meer die Sonne entsteigt, findet die Abreise Statt.

An der Spitze des Zuges reitet, auf einem feurigen Rosse der Wüste, der Anführer der Caravane prachtvoll gekleidet und wohl bewaffnet. Auf eben so feurigen und schönen Hengsten, reich aufgezäumt, sprengen seine Diener einher.

Dann folgt ein langer Zug von, mit Waaren jeder Art beladenen Pferden, Maulthieren und Cameelen, die theilweise auch Reisende tragen.

Mit dem Geläute der Glocken, am Halse der Lastthiere hängend, vermischt sich der Gesang der Reisenden.

Gegen 10 Uhr, wenn die Hitze beginnt drückend zu werden, wird Halt gemacht. Man befreit die Thiere von ihren Lasten, lässt sie nach Willkür umherirren und weiden, und der Reisende sucht Schutz gegen die brennenden Strahlen der Sonne unter einem aufgeschlagenen Zelte, erquickt sich durch mitgenommenen Mundvorrath, raucht und schläft, wie es ihm gut dünkt.

Des Abends, wenn ein Nordwind beginnt Kühle zu verbreiten, gibt der Anführer das Zeichen zum Aufbruche. Jedermann rüstet sich, der Sattel, welcher als Kopfkissen diente, liegt wieder auf Pferdesrücken, dann wird aufgezäumt; Araber schlagen die Zelte ab, und so gross sie auch sind, hängt sie doch der Cameeltreiber, in ein kleines Bündel verwandelt, an den Hals seines Thieres.

Etwas Asche, zuweilen noch ein glimmender Kohlenhaufe, sagt dem Vorüberziehenden, dass hier eine Caravane geruht.

Brussa, das alte Brusia, liegt am Fusse des Olymp, in einer grossen mit Maulbeerbäumen bepflanzten Ebene.

Hier residirten die Könige von Bithynien; dann war es die Hauptstadt des Osmanischen Reiches, bis es Adrianopel wurde. Jetzt ist es der Sitz eines Mollas (Oberrichters) ersten Ranges, eines Paschas, eines griechischen Metropolitans und eines armenischen Erzbischofs. Die Bevölkerung zählt nicht weniger als 100.000 Seelen.

Zahlreiche schöne Brunnen, 125 Moscheen, viele aus Stein erbaute Caravansereien, Mauern an denen man noch römische Sculpturen sieht, ein auf Bergesrücken liegendes Schloss, sind eben so viele Anziehungspuncte für den neugierigen Fremden.

Von den Moscheen erwähnen wir nur die Hauptmoschee Oluojami, die des Sultans Orkhan mit dessen Grabmal, und dem des Sultans Osmanji, die mit kostbaren Shawls bedeckt sind; endlich die Moscheen der Sultane Osman, Murad und Bajazet.

Zwischen einer Doppelreihe von Pappeln erhebt sich eine hohe Kuppel auf einer Ebene; sie deckt ein Gebäude, in welchem Sultan Mahomet ruht, dessen Moschee daneben steht.

In einer geringen Entfernung von der Stadt finden wir die Gebäude der heissen Badequellen, die einen schwefeligen Geruch verbreiten, einen Wärmegrad von 60—70° Reaumur erreichen und einen von Eisenoxyd gefärbten kalkartigen Niederschlag absetzen.

Die Art und Weise sich zu baden, ist ganz der schon beschriebenen gleich.

In Brussa findet man ausnahmsweise von allen türkischen Städten öffentliche Dirnen, die den Schleier der türkischen Frauen jedoch nicht tragen.

Der Olymp, türkisch Keschisch, an 4500 Fuss hoch, liegt südlich von Brussa.

Sein Gestein ist Marmor, mit welchem man Strassen pflastert. Am Fusse des Gebirges ist er schieferartig, der weniger schwärzlich wird, je mehr man in die Höhe steigt. Sein Gipfel, eine Hochfläche, war ehemals ein See, und besteht aus grauem Granit.

Die beiden Gebirgsketten, welche die Ebene von Brussa einschliessen, ziehen sich von Ost nach West, gleich dem Flusse Nilafer, den die Türken Delhi-Tchai (Narrenfluss) nennen.

Wir nehmen nun von dieser äusserst reizenden Landschaft und sehenswerthen Stadt Abschied und begeben uns nach den Dardanellen.

Die Meerenge der Dardanellen oder von Gallipoli, wird von 4 Schlössern gesichert und gehütet, welche sich am Hellespont, am asiatischen und europäischen Meeresufer gegenüber liegen.

Zwei hervorspringende Erdspitzen bilden den Eingang zu dem 12 Meilen langen Hellespont, auch Dardanellenstrasse genannt.

Anderthalb Stunden weiter stehen die alten Schlösser Sultani-Hissar in Asien, und Kilid-Bahr in Europa; ersteres mit circa 200, letzteres mit nahezu 160 Geschützen von schwerstem Kaliber, furchtbare Batterien auf beiden Seiten habend. Diese Schlösser werden auch die von Sestos und Abidos genannt. Die Breite des Canals zwischen ihnen beträgt nicht mehr als 4500 Fuss.

Nach einer weitern Fahrt in der Ausdehnung von 3 Meilen erreichen wir die neuen Schlösser Sedil-Bahr auf der europäischen und Kum-Kateh auf asiatischer Küste, die 12.000 Fuss von einander entfernt sind und von Mahomet II. erbaut wurden.

Bei Abidos nordwärts waren die Brücken, über die Xerxes seine Million Kriegshorden nach Europa führte. Hier auch ahmte Lord Byron das Beispiel Leander's nach, nicht um die Geliebte seines Herzens zu besuchen, sondern blos um des eitlen Ruhmes willen, den Hellespont durchschwommen zu haben.

Zum Schluss und zur Vervollständigung unseres Werkes folgt noch das Verzeichniss sämmtlicher kaiserlicher Moscheen, der vorzüglichsten Turbas, sowie der wenigen noch vorhandenen Säulen aus der Zeit des griechischen Kaiserreichs in Constantinopel.

1. Die Aja Sofia.

Le château des sept tours.

Im südwärts gelegenen Hofe derselben ruht der 1575 verstorbene Selim II. so wie die erste Sultanin seines Sohnes Murad. Eine andere Turba enthält den Sarkophag des Sultans Mustapha I. und den eines kaiserl. Prinzen Ibrahim. In demselben ruhen auch die irdischen Ueberreste von Murad III., Mahomet III. dessen Sohn, und seine von ihm ermordeten 17 Brüder.

2. Die Mohamdie, erbaut von Mahomet II. durch ein Erdbeben im Jahre 1768 zerstört und vom Sultan Mustapha wieder hergestellt.

In einer Turba ruht der 1481 verstorbene Mahomet II. in einer zweiten sehr prachtvollen, dessen Mutter Ailema, die Sultanin von Murad II., sowie die zahlreichen Kinder des erstern.

3. Die Moschee des Sultans Selim I. nach seinem Tode 1520 auf dem 6. Hügel erbaut.

Selim I., zwei seiner Enkel und die Mutter Soliman's I. fanden hier in besondern Turbas ihre Ruhestätte.

4. Die Moschee des Sultans Bajazid I., erbaut im Jahre 1489.

In dem dazu gehörigen Bostan finden wir zwei Sarkophage in Turbas aufgestellt, den des Sultans und den seiner Mutter.

5. Die Solimanje, begonnen 1550 und innerhalb 6 Jahren von Sultan Soliman I. vollendet, mit den Mausoleen des Erbauers, des Sultans Soliman II. und Achmet's II.

6. Die Moschee Achmedje, im Anfange des 17. Jahrhunderts auf dem Hippodrom von Achmet I. erbaut.

In einer geräumigen Turba stehen die Särge von Achmet I., Osman II., Murad IV. und vielen Anderen.

7. Die Osmanje, unter Mahmud I. wurde sie im Jahre 1748 begonnen und während der Regierung seines Bruders Osman II. sieben Jahre später vollendet. Sie wird auch Nuri Osmanj (das Licht des Ottomanen) genannt.

8. Die Moschee Sahzadeh. Ihr Erbauer war Soliman I.; zwei seiner Söhne ruhen hier.

9. Die Moschee Lalely. Diese kleine, sehr zierliche Moschee wurde von Mustapha III. erbaut, und dieser sowie Selim liegen hier begraben.

10. Die der Sultanin Hasseki Hurem, erbaut im Jahre 1555 auf dem gewesenen Forum, wo sich die Säule des Arcadius erhob.

11. Die Moschee der Tochter Soliman's, Mihri Mah (der Mond der Sonne), in der Nähe des Thores von Adrianopel.

12. Die Moschee in Scutari von derselben Prinzessin erbaut.

13. Die ebenfalls in Scutari von der Mutter Amurat's III., Safieh, erbaute Moschee.

14. Die Moschee Yeni Dzami (neue Moschee). Die Sultanin Hasseki Kessem-Mak Peiker (Gesicht

des Mondes) legte deren Grundstein. Sie war die Sultanin von Achmet I. und Mutter von Amurat IV. und Ibrahim I. Von der Walide Tarkhan wurde sie vollendet. Dieselbe ruht hier, nebst ihrem Sohn Mahomet IV., ihrem Enkel Mustapha II.; sowie man die Sarkophage des Sultans Achmet III., Mahmud's I. und des 1757, drei Jahre später gestorbenen Osman's hier findet.

15. Die Moschee von der Mutter des Sultans Achmet III. im Jahre 1708 zu Scutari erbaut, und endlich:

16. eine andere Moschee in Scutari neben dem heiligen Brunnen, in derselben Vorstadt von der Mutter Mustapha's III., ebenfalls Miri Mah genannt, erbaut.

Die Turba des Sultans Abdul Hamid, zugleich die Sarkophage von Kindern und Schwestern dieses Sultans, sowie den des ermordeten Mustapha IV. enthaltend.

Die Turba des Sultans Mahmud II., nebst den Sarkophagen seiner Schwester Habait Ullah und seiner Töchter Saliha und Kadischa.

Diesen schliesst sich würdig an die Turba zu Ejub nebst den dazu gehörenden Wohlthätigkeits-Anstalten der Walda Gulnár Sultana.

Von den vielen Säulen, die dem alten Byzanz zur Zierde gereichten sind, nur drei übrig:

1. Die verbrannte Säule Kehkavmehni Stili, auf dem alten Forum.

2. Die des Kaisers Martian, Kis-Tassi, in dem Garten eines Türken, nicht weit von der Moschee des Sultans Mehemet und der Ibrahim Paschas.

3. Die Säule, im Jahre 381 zu Ehren des Kaisers Theodosius errichtet. Sie steht im kaiserlichen Garten, umgeben von Cypressen. Auf derselben stand die Reiterstatue des griechischen Kaisers, und hat am Fusse die Inschrift: *Fortunae reduci ob devictos Gothos.*

Es würde zeitraubend sein, die vielen schönen Brunnen, welche sich über das dem Moslem so heilige und unentbehrliche Wasser, auf Leitungen aus grosser Ferne nach Constantinopel geführt, wölben, aufzuzählen.

In allen Strassen, besonders aber in der Nähe von Moscheen sehen wir deren, in Stambul, den Vorstädten und in den Bostans, wo sich dann auch gewöhnlich ein Caffeehaus, wenn auch nur aus einem Schoppen bestehend, befindet, wo der Moslem seine religiösen Abwaschungen vornimmt, sein Gebet verrichtet, Caffee schlürft und seinen Narghileh raucht.

Wir haben nun die letzte unserer Pflichten und Fahrten auf den bläulichen Fluthen des Meeres in Gesellschaft unserer freundlichen Leser vollendet. Wir müssen nun ein Lebewohl unsern Lesern zurufen, indem wir den Wunsch aussprechen, dass das Geschick uns vergönnen möge, denselben ein anderes Mal wieder zu begegnen und als Führer dienen zu dürfen.

Druckfehler.

Seite	1	Zeile	10	von unten	lies:	von Wohlstand statt: vom Wohlstande
»	4	»	12	» »	»	Strom statt: Strome
»	14	»	5	» »	»	der in Wien statt: der vor
»	17	»	4	von oben	»	auf diese statt: mit dieser
»	19	»	5	» »	»	Mühlleiten st.: Mühlleiden
»	33	»	2	von unten	»	Althan statt: Altan
»	35	»	7	» »	»	in statt: an
»	51	»	1	» »	»	Bild statt: Bid
»	55	»	4	» »	»	Illyés statt: Illés
»	57	»	13	» »	»	Klöpfel statt: Klöpsel
»	—	»	16	» »	»	Block statt: Pack
»	60	»	7	» »	»	8 statt: 5
»	80	»	5	von oben	»	Klissura statt: Klissara
»	89	»	7	» »	»	Griselini statt: Grudini
»	91	»	2	von unten	»	Et statt: Est
»	95	»	15	» »	»	Hydrothion statt: Hydrotíc
»	103	»	4	» »	»	Radujewatz st.: Radnjewatz
»	108	»	11	von oben	»	ist die statt: der
»	110	»	9	» »	»	Ejalet statt: Ejelat
»	111	»	3	» »	»	Mazurelle statt: Majarelle
»	122	»	14	von unten	»	Rechten statt: Linken
»	—	»	11	» »	»	links statt: rechts
»	136	»	10	» »	»	Dschelaleddin st.: Decheh.
»	141	»	9	» »	»	Kawasch statt: Kerwasch
»	167	»	1	von oben	»	Poganat statt: Reganat
»	171	»	4	von unten	»	pyrgon statt: pargon
»	183	»	13	» »	»	Defterdar statt: Deftervar.

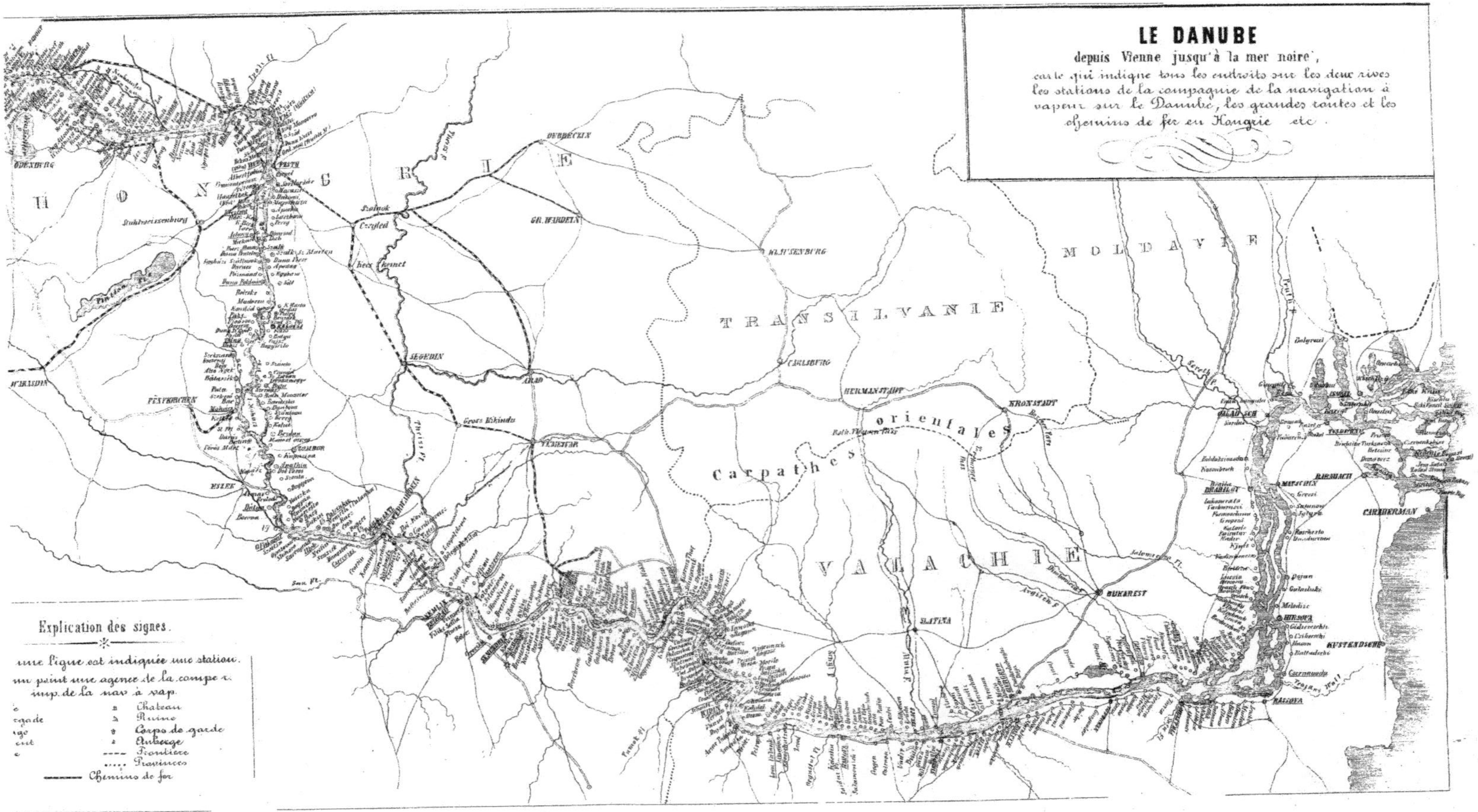
LE DANUBE
depuis Vienne jusqu'à la mer noire,
carte qui indique tous les endroits sur les deux rives
les stations de la compagnie de la navigation à
vapeur sur le Danube, les grandes routes et les
chemins de fer en Hongrie etc.
Explication des signes.
Chateau
Ruine
Corps de garde
Auberge
Frontière
Provinces
Chemins de fer
HONGRIE
TRANSILVANIE
MOLDAVIE
VALACHIE
Carpathes orientales
BUKAREST
SLATINA
KRONSTADT
HERMANSTADT
CARLSBURG
KLAUSENBURG
DEBRECZIN
GR. WARDEIN
SEGEDIN
ARAD
TEMESVAR
PESTH
FÜNFKIRCHEN
ODENBURG
HIRSOVA
KUSTENDSCHE
RASSOVA
MATSCHIN
BRAILOW
GALACZ
ISAKTSCHI
TULTSCHA
CARAHERMAN
Pruth
Sereth

CPSIA information can be obtained
at www.ICGtesting.com
Printed in the USA
LVHW110109200422
716647LV00003B/102

9 783752 595956